Un latido EN LA tormenta

Elle Arce

«A veces no sabes el valor de un momento, hasta que se vuelve memoria».

—DR. SEUSS.

SINOPSIS

Esta historia es sobre el amor más grande que puede existir, un amor capaz de sobrevivir una tormenta...
Cuando Charlotte se enteró que estaba embarazada, jamás esperó que su vida cambiase tanto, ni mucho menos que su relación se rompiese en solo unos segundos, no obstante, fue hasta que la tragedia llamó a su puerta que todo su mundo se tambaleó, pugnando con romperse en mil pedazos.
Sin embargo, en ocasiones la tragedia puede ser la oportunidad para encontrarle el significado a la belleza, a la luz.

1

—¡FELICITACIONES, SEÑORITA ANDREWS, está usted embarazada! —notificó el médico con tono afable.

Charlotte Andrews se quedó mirando fijo al doctor, sin dar crédito a sus palabras. Sus ojos se agrandaron de a poco, sus manos se afianzaron al reposabrazos con fuerza, hasta que sus uñas se incrustaron en el plástico grueso del cual estaba conformado el asiento. Su mandíbula inferior le tembló y se quedó quieta, sin poder creer lo que estaba escuchando.

Mientras, el médico sonreía, observando los resultados de sangre, hablando despreocupado, creyendo que la noticia era bien recibida. Sin reparar en su paciente, procedió a darle todas las recomendaciones para tener un embarazo saludable y hacer algunas anotaciones extra sobre las próximas citas, el tiempo gestacional, entre otras cuestiones; lo rutinario.

Sin embargo, Charlotte no pudo entender lo que el doctor le estaba diciendo, solo podía escuchar los latidos erráticos y furiosos de su corazón, así como su respiración lenta y profunda. Cerró los ojos por un segundo y contuvo ese torrente de emociones que la apresó luego de confirmar la sospecha que la llevó a la clínica a hacerse una prueba de embarazo.

La consulta médica terminó, Charlotte no pudo escuchar mayor cosa y fingió una sonrisa cuando el doctor le dio una hoja con los suplementos vitamínicos que tendría que tomar, así como la fecha de la siguiente cita.

Se levantó con las piernas entumecidas y la espalda tensa, tan tensa que hasta le dolió el cuello. Se despidió del doctor y salió al estacionamiento, donde había dejado su coche.

Una vez ahí, se sentó tras el volante y se quedó viendo el edificio donde se encontraba la clínica.

—Y ahora, ¿qué voy a hacer? —se preguntó en voz baja, mientras la garganta se le cerraba y todo a su alrededor giraba. Su estómago se constriñó y no supo si quería llorar o sonreír.

Una de sus manos se alzó y se posó sobre su vientre —aún— plano. Se acarició con delicadeza, en círculos, calentando su abdomen y, finalmente, sonrió.

2

Después de la noticia, no le resultó sencillo procesar la situación en la que se sumergió su vida, en especial cuando tuvo que dar la nueva.

Temió por la reacción de sus padres ante la sorpresa que tenía que darles, no estaba segura de cómo se iban a tomar un embarazo. Pese a sus veintiocho años, seguía viviendo con ellos, y la verdad es que no sabía si podía hacerlo de otra manera, al menos no en ese momento, cuando su carrera estaba despegando y todo a su alrededor estaba en calma, además, se suponía que de esa manera ayudaba a sus padres, no solo con los gastos, sino con tareas que ellos, por su edad avanzada, no podían realizar. No estaba segura si la idea de que estuviera embarazada y sin esposo, podía resultar contraproducente para las mentes conservadoras de sus progenitores, al fin y al cabo, seguían teniendo una manera de pensar muy recatada, así que, sin importar su edad, no sabía lo que dirían al contarles que una vida se estaba gestando en su vientre.

Lo estuvo pensando durante algunos días, maquinando la mejor forma de decirlo sin que eso les afectara. Lo cierto es que supo que necesitaría del apoyo de su familia, más después de lo que sucedió cuando le dijo a Matthew sobre el embarazo… Algo que no terminó bien para ella.

* * *

LE EXIGIÓ UNA PRUEBA DE PATERNIDAD. Alegó que lo suyo no era serio, que no tenían una relación formal, que solo estaban jugando, divirtiéndose, incluso dio a entender que no le era fiel…

Matthew pronunció palabras que jamás podría sacar de su cabeza, que rebotaban dentro de su psique ante la más mínima oportunidad, haciéndola sentir sola, triste.

En ese momento, sentada en esa cafetería concurrida, a la par de esa gran cristalera donde se podía observar el tráfico de la quinta avenida, Charlotte estudió a ese hombre, al padre de su bebé, de ese niño que, sin importar nada, era su responsabilidad, ellos eran los encargados de todo aquello y, sin embargo, él decidió ser un cobarde sin escrúpulos.

Respiró hondo y se levantó de la mullida butaca donde se sentó.

Se relamió los labios y miró desde su posición a Matthew, quien la enfrentó con una sonrisa irónica, con la que le reclamó y consolidó lo que salió de su boca.

—Bien, tendrás la prueba en cuanto nazca, no te preocupes, no te obligaré a nada, pero quiero que sepas que no soy mentirosa, ni ha sido a propósito, no obstante, pese a ello, soy una adulta y… ¡Dios!, no importa cómo este niño llegó a mí, ni siquiera importa que lleve algo tuyo —se le quebró la voz al hablarle con tanta emoción. Le castañearon los dientes. Los ojos le ardieron y el pecho se le contrajo—, nada de eso importa. Lo quiero, y lo voy a tener —afirmó dolida, con el corazón en un puño, y la idea fija de que protegería a su pequeño bebé de ese hombre espeluznante, y de cualquiera.

Matthew palideció y bajó la cabeza, solo captó cuando la mano de Charlotte se fue a su vientre, en un movimiento que para ella pasó inadvertido. Sintió la pesadez de sus palabras, pero ya lo había dicho. Las dudas vinieron en ráfagas, pero no le dio tiempo de pedir perdón, en su lugar, la vio marchar con la cabeza en alto y la respiración controlada, a fin de que la emoción le ganase y se desmoronase enfrente de todos.

Charlotte salió de la cafetería y se contuvo para no llorar. Se infundió de fuerza, pese a que las piernas le flaquearon, pese a que el corazón se le hizo añicos.

Caminó, poniendo un pie frente al otro, hasta que se perdió entre la multitud, yendo a su trabajo.

Quería olvidarse de sus palabras, de la forma tan cruel en la que había sido tratada, de la manera tan inmadura con la que Matthew afrontó la circunstancia. Quería dejar todo aquello en esa cafetería, que el bullicio de los comensales se tragara esas palabras hirientes, que sus sentimientos y emociones se perdieran en las carcajadas de felicidad de otros, que todo aquello fuera sepultado, consumido por todos aquellos que, ajenos a la charla, estuvieron presentes en ese instante.

* * *

ESE MOMENTO TOMÓ TANTA RELEVANCIA, que creyó que la respuesta de los demás sería igual de catastrófica. Sentía aprensión de su embarazo, no quería que sus ilusiones se desvanecieran, que su bebé sintiera el rechazo de sus seres queridos. No obstante, tenía que decirles, tenía que saber qué sucedería con ellos, si tendría que sacar fuerzas de donde ya no tenía para seguir adelante con su embarazo, completamente sola, o tendría el confort y la seguridad que da la familia.

«No, no te preocupes, papá y mamá no son como él, no son iguales, no hay punto de comparación» —se dijo para animarse, para ayudar a sosegar esa molestia que la retenía, que le hacía esperar el «tiempo oportuno», cuando eso no existía.

Inspiró hondo, y sin saber por qué, a su mente acudieron recuerdos, reminiscencias felices de su relación con Matthew. Las veces que terminaron en su departamento, la forma tan discreta y emotiva con la que le miraba al terminar esas deliciosas sesiones de lo que ella pensó que era hacer el amor. Por lo visto, malinterpretó todo, le creyó a su corazón, pensó que esos ojos cerúleos que la admiraban con un brillo especial le pertenecían, entendió que esa sonrisa tranquila, juvenil y un poco tonta, trasmitía mucho más de lo que su intercomunicador daba a entender con palabras. Imaginó que esas caricias significaban algo más, que la forma en cómo se compenetraban era porque tenían una conexión inexplicable.

Supo que se equivocó, que todo aquello solo era una proyección de su mente romántica, de esa mujer que deseaba con todas sus fuerzas estar con alguien especial, con ese ser maravilloso con el cual compartiría su felicidad, su tristeza y su ser. En cambio, solo se encontró con otro hombre más, un hombre que la usó, que solo buscó su cuerpo para complacer su libido, burlándose de sus sentimientos.

* * *

DESPUÉS DEL TRABAJO, pasó horas sentada en su cama, estudiando lo que les diría a sus padres. Temió que ellos reaccionaran mal, que menospreciaran su embarazo, que le echaran de su lado, que se quedara sola… Aunque jamás estaría sola, nunca más.

Atendiendo a esa idea, se levantó de la cama, se infundió de ánimo y salió de la habitación. Caminó con pasos decididos hasta la sala, donde sus padres estaban viendo un programa, riendo con los chistes absurdos que realizaba el presentador, con unas sonrisas relajadas que decoraban sus rostros.

Se quedó mirándolos por un segundo. Cerró los ojos e inspiró. Al abrir los párpados, soltó la noticia, sin pensar lo que diría.

Se dejó llevar.

—Estoy embarazada —dijo sin que le temblara la voz, sin denotar todas las emociones que la embargaron, que se enrollaron en su cuerpo y la estrangularon como una boa constrictora. El miedo, la ansiedad y esa sensación protectora que la ponía a la defensiva le hicieron creer que sus padres tendrían una reacción parecida a la de Matt. No quiso allanar el terreno, se arrojó, directo al precipicio, sin darles espacio de prepararse.

Héctor, su padre, tomó el control remoto y apagó la televisión, se giró para mirarla bien y se quedó esperando por más. En cambio, Lorena, su madre, giró tan rápido la cabeza que le dolió el cuello, su mandíbula se desencajó y la galleta que se iba a meter a la boca quedó a mitad de camino.

Charlotte se relamió los labios y siguió.

—El padre del bebé no se quiere hacer cargo … —Se detuvo al recordar la rudeza con la que la trató Matthew—. Y yo… —la voz le vibró y se dio cuenta que frente a ellos no se podía controlar.

Lorena se levantó del sillón y la abrazó con fuerza.

Sus padres no necesitaron más, no creían que fuera necesarias tantas explicaciones. El sufrimiento de su hija les conmovió.

No querían lo que estaba ocurriendo, no por el bebé, sino porque ahora su vida sería más difícil. El camino de una madre soltera es complicado, incluso en pleno siglo XXI. Lo sabían, sabían lo que significaba criar a un hijo, de por sí era difícil hasta para una pareja. Cuidar a un niño y hacerlo una persona de bien, era una tarea complicada. Lo entendían.

La tristeza se alojó en sus almas al ver a su pequeña *nena* vulnerable, herida y conflictuada.

La dejaron llorar y la consolaron, para luego hacerle saber que contaba con su apoyo, que ya se las arreglarían entre los tres para que a ese pequeño ser que crecía dentro de ella no le faltara nada. Le aseguraron que todo estaría bien, y esa noche, Charly pudo dormir más tranquila.

3

EL EMBARAZO SIGUIÓ SU CURSO. Las náuseas matutinas
se presentaron con fuerza, al grado de sobrepasar lo «matutino»
y extenderse al resto del día. Charlotte casi no podía comer nada
sin regurgitarlo, incluso el agua le era difícil de tragar. Se necesitó
de hospitalización y fuerza de voluntad para sobrepasar la peor
parte del embarazo, o eso pensaron.

Con todo, tanto sus padres como ella, estaban emocionados
con la nueva vida que se estaba gestando de a poco. Nunca más
fue a un control prenatal sola. Héctor se encargaba de acordarle
tomarse las vitaminas y el ácido fólico, mientras que Lorena le
preparaba la comida más saludable y nutritiva que se le antojaba
comer.

Al mismo tiempo, fueron comprando lo necesario para
adecuar su habitación, para decorar, para acoplarse a la nueva
llegada. Cada salida al centro comercial implicaba comprar ropa
para el bebé, ver los diferentes muebles que ocuparía ese
pequeño ser.

Pensaron en nombres, se entusiasmaron al entender que habría
otro Andrews en la familia.

La más emocionada, era su pequeña sobrina, Leticia, la
pequeña brincaba cada vez que veía su tía, y trataba de agudizar
sus oídos para poder escuchar al bebé dentro de la barriga. Su
hermano y cuñada se la trataban de sacar encima para que no

lastimara, aunque la niña nunca se apretaba contra su abultado vientre.

La alegría sobrepasó la tristeza y el desconcierto, ese sentimiento oscuro que se posó dentro de Charlotte cuando fue rechazada, al igual que su pequeño hijo.

No lo olvidó, pero lo rezagó en su mente, lo dejó en un rincón que no se atrevía a tocar por temor a trasmitirle esa congoja a su angelito. Él no insistió, no después de haberle dicho la noticia. Matthew cortó comunicación, la dejó a su suerte.

Se dijo que no importaba. Aunque estaba insegura… ¿Le diría una vez naciera su hijo?, ¿le dejaría ser parte de la familia? Tenía muchas dudas al respecto, sin embargo, estaba segura de una cosa: haría lo mejor para su bebé.

El último tercio del embarazo llegó. Los controles prenatales no mostraban nada, todo estaba tranquilo, afrontó las náuseas y en general, todo parecía ir perfecto.

No hacía mucho se había enterado de que tendría a un lindo hombrecito y estaba feliz, aunque también lo habría estado con una niña.

Todo parecía ir de maravilla, hasta que en los últimos meses los dolores de cabeza, las náuseas, entre otros síntomas, le hicieron terminar en emergencias. Al principio creyó que se debía a la migraña que padecía desde joven, no obstante, aquello se sentía diferente…

4

Jacob Andrews nació el veintinueve de agosto, por la tarde, luego de una cesárea de emergencia.

Cuando lo sacaron del vientre de Charlotte los médicos se lo llevaron para revisarlo, ella apenas escuchó el leve llanto del bebé.

En ese instante, no lo pensó. Sola, en esa sala llena del personal médico, no pensó por qué no le ponían a su bebé en el pecho, o por qué su llanto no era tan fuerte, solo se sentía feliz de al fin poder conocer a su pequeño Jacob.

La cirugía terminó y ella pudo ver al bebé de reojo cuando la sacaron de la sala de cirugía, vio que había más de una persona alrededor del lugar donde lo tenían, pero no le dio espacio para analizar lo que estaba ocurriendo. Imaginó que todo eso debía ser parte del procedimiento, o tal vez se debía que no era un bebé de «término», pese a que había logrado llegar al octavo mes, incluso con preeclampsia.

Después de la recuperación, Héctor y Lorena la esperaban en la habitación, con globos de felicitación y un osito de felpa blanco de regalo para su nieto.

Charlotte lloró y sonrió al verlos. No estaba segura de qué había desencadenado ese sollozo silencioso y luego esa risa nerviosa. Solo supo que estaba feliz, que estaba emocionada.

Héctor y Lorena se conmovieron y animaron al verla tan emocionada. Palabras de cariño y felicidad fueron dichas, así como leves abrazos para no incomodarla.

La sala se llenó de regocijo, hasta que preguntaron por el bebé. La enfermera a cargo se quedó quieta y dudó por un momento, mordiendo su labio inferior y parpadeando más veces de las necesarias. Tragó el nudo que se le formó en la garganta y, al final, optó por decir que lo estaban revisando, que después se daría más información.

Les pareció extraña la respuesta, aunque no le pusieron el interés requerido, olvidándolo gracias a que Daniel, el hermano de Charlotte, se presentó con un bonito ramo de flores para su hermanita. Felicitó a la dichosa madre y todos siguieron hablando, encantados por saber que ella estaba bien y que pronto llevarían a Jacob y le conocerían.

Y luego… toda esa alegría desapareció, el semblante de todos los presentes se modificó en cuanto entró el doctor y les hizo saber lo que había pasado, la razón del por qué no llevaron al bebé, la razón del por qué su llanto era tan silencioso.

Charlotte sintió que su mundo se derrumbó, que su piso se desmoronó y cayó, así como Alicia en el agujero antes de llegar al País de las maravillas, un País de las maravillas oscuro donde no existía la felicidad. La mandíbula le tembló, su cuerpo se heló y sintió que todas sus fuerzas la abandonaban, su corazón se paralizó. Quiso gritar y llorar con fuerza, en su lugar, escuchó con atención al médico, aunque muchas de esas palabras no las entendió.

Cerró los párpados cuando el hombre de la bata blanca y grandes ojeras bajo los ojos salió de la habitación.

A lo lejos escuchó un gemido ahogado de su madre, quien se había sentado en la única silla que tenía la habitación.

Héctor tenía la cabeza agachada y su hermano se pasaba las manos por su cabellera rubia, ofuscado.

Abrió los ojos y parpadeó. Le dolía el cuerpo, pero el dolor físico no se comparaba en nada con ese dolor lacerante que le traspasó el alma, que la hizo sentir en un cuarto vacío, donde estaba sola.

No, no entendía qué pasó, no comprendía las palabras del doctor. La cabeza le dolió y un calambre que le atravesó el cuerpo, la hizo gemir en un alarido agudo que sorprendió a todos y los hizo paralizarse y dejar de pensar.

Todas sus emociones se precipitaron. No podía respirar, los ojos le ardieron y se le nubló la vista. Su pecho se oprimió con fuerza, al grado de hacerla una masa palpitante de dolor.

«Debe tratarse de una pesadilla» —pensó con amargura, mientras se cubría la cara con las manos, mientras lloraba sin importar nada.

Los labios le temblaron y lloró sin apenas emitir sonido, no porque lo estuviera conteniendo, sino porque no le salía. Daniel se acercó y la abrazó con fuerza.

Charlotte se quebró y lloró con más ímpetu.

—No tiene sentido —balbuceó con la voz entrecortada y la garganta cerrada.

A sus padres y hermano se le estrujó el alma, sabiendo que su dolor no era comparado al de ella.

No hubo nada que hacer, a Charlotte la tuvieron que dormir, no hubo forma de calmar esa pesadez con la que lloraba, de tranquilizar un poco sus sentimientos que ensombrecían esa luz que habitaba en su ser, no hubo manera de hacerla reaccionar.

Su bebé, su pequeño Jacob no estaba bien, y eso era lo único que ella tenía en mente.

5

Conexión anómala total de venas pulmonar intracardiaca e hipertensión pulmonar secundaria. Ni siquiera es fácil decir, mucho menos de entender.

Cuando el doctor dijo que le tenía que hacer exámenes al pequeño Jacob, puesto que detectaron cierta anomalía, no sabían todo lo que pasarían, todo lo que se les vendría encima.

Después de diversos exámenes, pudieron darles un diagnóstico poco alentador que les hizo contener el aliento, apretar las manos en puños firmes.

DVPAT, o Drenaje venoso pulmonar anómalo total, o Conexión anómala total de venas pulmonar intracardiaca. Un defecto cardiaco grave de nacimiento, en donde las venas que llevan la sangre oxigenada desde los pulmones al corazón no están correctamente conectadas y la sangre desoxigenada se confunde con la oxigenada, provocando que el bebé reciba menos oxigeno del que requiere.

Charlotte no descifró lo que el doctor le estaba diciendo, estaba más calmada después de pasar dormida por un largo rato gracias al calmante que le inyectaron, sin embargo, tenía la mente embotada, y un vacío profundo y oscuro dentro del pecho.

Sintió la mano de su madre sobre su hombro, reconfortándola, aunque no había nada que la pudiera hacer sentir mejor, nada.

—Entonces, ¿qué puede hacerse, doctor? —preguntó cuando el médico calló, angustiada, con el alma en un puño y un mal presentimiento en la boca del estómago.

El hombre cambió el peso de pie e inspiró hondo.

—El problema no es sencillo, no lo voy a negar, pero se puede operar —respondió dubitativo.

Los ojos de Charly se achicaron y sintió que no le estaba diciendo todo, que había algo más detrás de esas palabras dichas con tanta pausa.

Lorena también lo percibió, así como presintió la alteración en la psique de su hija.

—Dígamelo, doctor, por favor —animó Charlotte, con la mandíbula tensa. La voz le salió un tanto brusca.

Él se pasó una mano por su cabello engominado y miró hacia otro lado.

—Lo siento mucho, pero esa operación no se hace en el país, no hay doctores ni los medios para hacerla aquí, es… Aunque lo remitiera al hospital pediátrico… —negó con la cabeza y bajó la mirada.

Charlotte inspiró para contener todas las emociones que la invadieron, parpadeó para no derramar las lágrimas que pugnaban con salir, una detrás de otra.

«No, no puede ser» —se dijo como mantra, porque su esperanza de madre le susurró que todo aquello tendría solución, tenía que haber una solución.

El médico siguió hablando sobre cómo era importante operar a Jacob cuanto antes, sobre el estado actual del bebé, los niveles de oxigenación y muchos otros conceptos que trató de retener, pese a que su mente estaba tan aturdida que, incluso si le explicara como a un niño pequeño, no lo comprendería.

Aunque…

—Si bien no se puede operar a Jacob en el país, hay un lugar, un hospital especializado… —informó el doctor, dudando sobre si hablar sobre aquella opción.

6

—¿ESTÁS LISTA, CARIÑO? —le preguntó Lorena, ayudándola a sentarse.

El rostro de Charlotte se distorsionó en una mueca de dolor que le frunció el ceño y le hizo rechinar los dientes. Resopló por la boca, descompuesta. Le dolía la herida de la cesárea, no obstante, incluso con el temblor evidente de manos, negó con la cabeza y asintió, dándole a entender a su madre que estaba lista.

Junto con la enfermera, le ayudaron a levantarse de la cama y, a pasos cortos, la guio hacia la UCI neonatal en la que tenía a Jacob.

A cada paso, apretaba la mandíbula con fuerza y se afianzaba al brazo de su madre. Un calambre le atravesó la columna vertebral. Le dijeron que podían descansar un rato y negó con la cabeza.

No, no quería perder más tiempo, no quería perder más segundos. Necesitaba ver a su bebé, conocerlo, saber cómo era, acariciarlo, sentir su piel tersa y tibia.

Parpadeó para alejar las lágrimas. Y se infundió de fuerza. No, no iba a dejar que su debilidad se apropiara de su ser, sería fuerte, por su hijo, por ella, porque ambos lo necesitaban.

Evadió el dolor y siguió a la enfermera hasta el cuarto donde tenían a su bebé.

Ahí, antes de ingresar, su madre la dejó en manos de la enfermera ya que no podía entrar, además, la hora de visita estaba por terminar y ya no le permitirían estar dentro del hospital. Se despidieron con un abrazo cálido en el que Lorena apenas tocó a su *nena* por miedo a lastimarla.

Charlotte se enderezó al ver la habitación. Había solo unas cuantas incubadoras. Tragó saliva con dificultad y se relamió sus resecos y agrietados labios.

La enfermera le enseñó a Jacob y contuvo la respiración al ver la manera en la que su angelito se encontraba. Estaba en una incubadora que le hacía ver más pequeño. A Jacob lo iluminaba una luz tibia. Tenía los ojos cubiertos para que la luz no le afectara. Vestido solo con un pañal desechable y unos calcetines que le pidieron a Lorena horas atrás, mientras ella seguía bajo el influjo del tranquilizante. Tenía uno de esos aparatos que ayudan a respirar, al lado de otros que monitoreaban los signos vitales, era un sinfín de cables.

Charlotte miró los aparatos, apurada, sabiendo que eso no presagiaba nada bueno.

La enfermera apagó la luz, abrió la incubadora y agarró al pequeño bebé, que era tan delgadito, pálido, de labios azulados y piel transparentosa, que parecía más un muñeco que un humano.

Los dientes le tiritaron al verlo tan menudo y pequeñito, la enfermera se lo dio de tal manera que no tocara ni un solo aparato al que estaba conectado.

Lo tomó entre sus manos y lo sintió. Sus ojos se enfocaron en cada rasgo, en cada línea que conformaban sus delicadas facciones, en su fina piel blanquecina en la que se transparentaban las venas azules y moradas, así como en su nariz pequeñita, en su boca chiquita y del color de las venas. El pecho de Jacob subía y bajaba con dificultad. Casi no se movía, casi parecía estar dormido. Era como un muñequito frágil y delicado.

Un hipido involuntario y suave brotó desde su pecho, sus ojos se empañaron a causa de la emoción. Todo su ser fue acogido en esa mezcla de impotencia, ternura y amor infinito.

En ese instante le prometió a ese bello y fuerte angelito que haría lo que fuera para que tuviera una larga y hermosa vida, llena de todo lo que necesitara, llena de amor, de comprensión y cariño.

7

NO PUDO TENER A SU HIJO EN BRAZOS POR MUCHO TIEMPO, tuvieron que regresarlo a la incubadora. Lo miró un rato más, mientras la enfermera colocaba todo de forma cómoda, y encendía de nuevo la luz.

Estaba tan quieto… Sus piernitas se miraban tan delgadas, al igual que sus bracitos pequeños.

Suspiró.

—¿Para qué es la luz? —preguntó curiosa, sin alzar la cabeza, esperando a que la enfermera le dijera que ya no podía quedarse.

—Es para la ictericia —respondió esta, con tranquilidad, concluyendo con su labor y sonriéndole al angelito que había estado cuidando por esas horas.

Al terminar, acompañó a Charlotte a la habitación, donde le dijo que, en unas horas, vendría otra enfermera a ayudarle a sacar leche para que así pudieran lactar a Jacob.

Se recostó como pudo en la camilla y asintió ante las indicaciones.

Estaba sola, en la habitación. Su madre no se quedó debido al horario de visita establecido en el hospital, y no quiso que nadie se quedase.

Su cabeza se enfocó en la imagen de Jacob en su fragilidad y fuerza, porque era un bebé fuerte, un niño hermoso que estaba luchando con todo su ímpetu para quedarse en ese mundo junto a ella.

Pensó, por un segundo, en Matthew. Todo el aire se le salió del cuerpo. Recordó la última vez que «estuvieron juntos», la forma en cómo esos ojos cerúleos la miraron esa ocasión, la manera en cómo se le dibujó la sonrisa mientras se acomodaba en la cama, a su lado, luego de hacer el amor durante un largo tiempo, donde sus gemidos se volvieron una sinfonía perfecta, icónica, que por más que trató, no pudo borrar de su memoria.

Lo cierto era que, incluso con esas palabras horribles con la que la trató, Charlotte seguía sintiendo algo por él. Antes estaba segura de que sus sentimientos eran formidables, en cambio, en ese momento… No supo qué era aquello que se posó dentro de su pecho y le hizo sentir de mil maneras indescriptibles. Claro, seguía enojada, pero su enojo disminuyó en esos meses en los que se enfocó en lo bueno que había surgido de esa relación.

No, no podía guardarle rencor, aunque seguía enojada, tampoco lo despreciaba, no del todo. Tenía que aceptar que antes de decirle del embarazo, todo estuvo bien. Él parecía ser todo un caballero de brillante sonrisa y mirada penetrante que dejaba a más de una sin aliento.

Extendió la mano hasta que alcanzó su móvil, el cual reposaba sobre la mesita sencilla de madera que tenía al lado de la cama, donde su madre le dejó lo necesario para pasar el rato: agua, un libro, su celular y poco más.

Se quedó pensativa por unos largos minutos, observando la pantalla del celular. Finalmente, abrió los contactos y buscó el número. Marcó sin dudarlo más, no podía quedarse quieta, sin hacer nada.

Quisiera o no, le gustara o no, Matthew era parte de la vida de Jacob, quizás su nombre no apareciera en el acta de nacimiento —aunque todavía no lo había inscrito—, quizás él no estuvo en los momentos difíciles del embarazo, o en el parto, pero seguía siendo el padre de Jacob, y mientras dependiera de ella, haría lo posible para que su hijo lo tuviera todo, y eso también incluía su derecho a la identidad.

El típico pitido del marcado sonó y esperó. Al segundo timbre, respondió.

—¿Charly? —preguntó por lo bajo y en su voz notó algo diferente, entre el arrepentimiento y la esperanza.

Tragó con fuerza, eso no importaba en ese momento. Hizo a un lado sus sentimientos por él y habló.

8

—YA NACIÓ —logró decir.

Silencio…

—Y está… está muy mal —prosiguió con un nudo en la garganta que hizo que su voz vibrara. Respiró hondo—. Solo quería que lo supieras, que supieras que él ya nació…

—Él… –la interrumpió Matthew, su voz salió en un hilo, aunque Charlotte no pudo percibir todas las emociones que se arremolinaron dentro de Matt, que le hicieron sentir como la peor basura del mundo, como un ser humano detestable. La culpabilidad lo enmudeció y la esperanza se quedó rezagada.

—Sí, se llama Jacob —indicó con desanimo—. Si quieres, puedes venir a verlo cuando haya visitas, aunque no sé si te dejarán entrar… Realmente está mal —recalcó con pesar, mientras se le abatía el corazón.

—¿A qué te refieres? —cuestionó Matt, quien se encontraba en su departamento, caminando de un lado hacia otro, como un león enjaulado. Las palpitaciones le disminuyeron y sintió una rara sensación que le recorrió la espina dorsal.

Pensó que ojalá pudiera estar con ella, ahí, en ese hospital, a su lado, sosteniendo sus manos, pero no. Lo había arruinado gracias a su estupidez, había arruinado todo con esa mujer que lo miró como el ser especial que sabía que no era.

Tragó saliva y escuchó el leve jadeo al otro lado de la línea.

Charlotte apartó el móvil de su rostro por un segundo y se quedó viendo el techo de la sala. ¡Era tan difícil decir lo que estaba atravesando! Se pasó una mano por el pecho para tratar de tranquilizarse, para tratar de desatar esa cuerda imaginaria que le impedía respirar con normalidad. Se mordió los labios con fuerza, apretando las manos en dos firmes puños y respiró hondo.

¡Tenía que decirle!

Se acercó de nuevo el móvil y le repitió lo que el médico dijo, o al menos trató de hacerlo de la misma manera.

Al escucharla, Matthew dejó de caminar y se dejó caer en su sillón, consternado con lo que le estaba contando *su* Charly. Sus ojos azules se quedaron fijos en la pared, aunque no enfocaban. Sintió que se le cerraba el estómago y el sentimiento de querer estar a su lado aumentó, en especial cuando se dio cuenta de lo quebrada que se escuchaba, de la forma lenta y dificultosa con la que estaba hablando.

Se pasó la mano libre por la cabellera negra, y deseó volver el tiempo atrás.

¡Qué estúpido fue!

Se lamentó por haberle dicho todas aquellas tonterías, todas esas ofensas en las que descargó su frustración y miedo. Lo cierto es que estaba aterrado.

Sintió miedo cuando Charlotte le confesó el embarazo, y pese a que no dudaba de su fidelidad, pese a que él nunca había estado con otra mujer, pese a que comenzaba a sentir algo más por esa hermosa mujer de ojos almendrados de ese bello color miel, con esa piel tan hermosa que con facilidad se sonrojaba, tintando sus bellos pómulos blanquecinos y hechos de alabastro, la cual era tan tersa que parecía crema, en la que se podía perder por horas y horas, de labios voluminosos y delicados con esa perfecta forma... Nunca se sintió de esa manera antes y, esa misma razón, lo llevó a actuar como un cretino, a lastimarla, a apartarla de su lado por miedo a sus propios sentimientos, por miedo a tener que cuidar de otra vida y fallarle a ella y a ese ser que no tenía la culpa de su ineptitud. No obstante, en ese momento, deseó no haber sido cobarde.

Quiso estar a su lado, poder ver a ese bebé que tenía su sangre, conocerlo, saber qué se sentía cargar a esa parte de él y de ella, esa conexión que los uniría por la eternidad.

Una pesadez fría y hostil se implantó en su torso al darse cuenta del estado de *Su* hijo, porque sí, era su hijo. Se olvidó de respirar, de hacer más que pensar en que lo había arruinado demasiado como para tener la oportunidad de pedirle algo a Charlotte, de pedir verlo, tocarlo, conocerlo, ayudarlo en cuanto pudiera.

—¿Hay… hay algo que se pueda hacer? —preguntó tartamudo y con cierta esperanza, pese a sentir que todo aquello era su responsabilidad que, de no haberse ido de su lado, del lado de su hijo, y de ella, quizás la situación fuera más favorable.

—Sí, hay una operación que se puede hacer, pero… —Charlotte se lo pensó un momento y luego le contó lo poco que le había dicho el doctor sobre la cirugía, sobre cómo la tenían que hacer cuanto antes—… Sino la hacemos dentro de poco… —los dientes le castañearon y tuvo que tomar aire para pasar esa sensación de angustia que le estrujó el esófago—, de no hacerla, puede morir.

La verdad cayó pesada sobre ambos, como si la gravedad aumentara y presionara sus cuerpos contra la tierra, asfixiándolos.

9

AL COLGAR, se quedó con el móvil en la mano, mirando hacia la nada. Estaba solo en su departamento, y llevaba mucho tiempo con ese sentimiento que no le permitía dormir bien por las noches, que le hacía volver una y otra vez a esa cafetería, donde la miró de esa manera tan brutal… Quiso volver a esa época donde todo estaba bien, época en la que su vida era mejor, y no seguir en ese estupor en el que se mantuvo durante esos meses.

Estar alejado de ella le significó un cambio radical. No percibir su calor por las noches, su piel lechosa y delicada, sus manos contra su pecho cuando la abrazaba, su melena sedosa y rubia que a veces le hacía cosquilla en la cara cuando estaba dormido. Despertar junto a ella, era despertar al lado de un ángel, con su cabello dorado y sus ojos como la miel que irradiaban luz, una luz etérea y deslumbrante que provocaba que su corazón latiera con más prisa. También le faltó salir con ella por las tardes, ir al cine, charlar en cualquier sitio, salir a diferentes restaurantes y ver su mohín cuando alguna comida no le gustaba porque era quisquillosa. Le faltó escuchar su risa estridente, o esa forma extraña que tenía de respirar cuando se reía, tomando aire por la boca y produciendo un ruido suave, como un silbido, que tanto le hacía sonreír. Extrañó observar cómo se estiraba después de que la película o serie que estuvieran viendo concluía, como si fuera un gato, arqueando la espalda y queriendo tocarse los dedos de los pies, aunque nunca lo lograba. Una y otra vez volvió a su mente esa manera tan peculiar que tenía de sentarse, con las piernas cruzadas una sobre otra, en posición de flor de loto, sin importar que llevase puesta una falda, un pantalón o lo que fuera, y que le hacía quitarse la chaqueta para ponérsela sobre las piernas, a fin de que estuviera más cómoda.

Durante esos meses, soñó con volver el tiempo atrás. En más de una ocasión se encontró pensando en que ella sería una excelente madre, con su forma dulce y sencilla, con esos ojos con los que le miraban fijo cada vez que hacía algo que a Charly no le gustaba y que siempre le pareció dulce, pese que ella trataba de que su enojo fuera perceptible a través del ceño fruncido y los ojos entornados, gesto que siempre le sacó una sonrisa a Matthew.

Era todo lo que cualquier hombre quisiera de una mujer: era inteligente, asertiva, divertida, cariñosa, juguetona, comprensiva, hermosa y mucho más. Le faltaban palabras para describirla, para completar el ser humano que, por estúpido, había despreciado.

Lo extrañaba todo de ella.

Se la imaginó embarazada, una y otra vez la vislumbró con la barriga sobresaliente y ese brillo especial que seguramente tendría. Incluso, tuvo la tentación de ir a su trabajo y poder verla, no obstante, se sentía tan mal que de inmediato se frenaba.

Nunca tuvo la esperanza de volver a encontrarla. Temía que el rechazo fuera definitivo, que lo sacara de su vida sin permitirle disculparse, sin darle espacio para resarcir el daño que le ocasionó. Le dio miedo volver a observar la forma en la que ella lo miró por última vez. La decepción que Charlotte sintió cuando él actuó como un cretino, se le quedó grabada a fuego en la mente. Más de una vez creyó que debía odiarlo, que seguro lo detestaría y no le dejaría acercarse a ella, o al bebé, y con justa razón.

Lo supo cuando sus palabras salían de su boca, fue consciente del daño que buscó hacerle en aquella cafetería, donde el mundo desaceleró, mientras su boca decía palabras que jamás esperó escuchar salir de su mente, y menos dirigidas hacia ella.

El miedo lo sobrepasó y le hizo herir a la única mujer que había traspasado su capa de indiferencia.

Pensó más de una vez en cómo sería el bebé. ¿Sería una niña rubia de ojos dorados como ella?, ¿o un pequeño niño? Por alguna razón, no lograba ver al niño, no lograba imaginar que se parecería a él, y mucho menos creía que, de ser niña tendría algo suyo. En su mente, solo los genes de ella debían perdurar, al final, él era una basura humana que no merecía nada de lo que ese día se le presentó frente a sus ojos, no merecía esa familia feliz que apreció por unos segundos antes de que el temor se adueñara de todo su ser.

Ver esa llamada entrante… le dio esperanza, una esperanza injustificada. Por un momento, su mente planeó por los cielos y se imaginó una vez más siendo esa familia feliz. Supo que, por ella y por ese bebé, estaba dispuesto a hacer lo mejor, estaba dispuesto a renunciar a todo, porque sin ella su vida carecía de sentido.

Sin embargo, al responder esa llamada, su alma vaciló y supo que esa esperanza no tenía razón de ser, y cuando entendió el motivo de esta… ¡Dios, ¿cómo podía estarle sucediendo todo eso a un pequeño ser que acababa de nacer?!

Deseó patearse, golpear su cara de imbécil, proferir contra ese pusilánime que entró a la cafetería meses atrás.

Al colgar, se quedó un rato sin moverse, solo pensando, hasta que salió del estupor.

Sin más dilaciones, se puso de pie, cogió con fuerza su celular y buscó entre sus contactos.

Tenía que hacer algo, no podía quedarse sentado esperando que la solución cayera del cielo. La vida de su hijo corría peligro, y no estaba dispuesto a que le pasara algo a él, o a Charlotte, haría hasta lo imposible por ellos, se lo juró antes de que la llamada fuese aceptada.

10

De camino al hospital pasó por una floristería y compró un ramo de rosas blancas, las preferidas de Charlotte, así como un osito de peluche para el pequeño Jacob, aunque tenía la impresión de que no lo dejarían entrar al cunero de la UCI, donde le dijeron que lo tenían.

La llamada que sostuvo con su tío, un renombrado cardiólogo, le hizo sentir más impotencia. No durmió después de aquello, en su lugar, se recriminó por haber perdido todo ese tiempo, por haberse perdido el embarazo, por ser una gallina, se recriminó por todo, no obstante, cuando amaneció, supo que no podía seguir así.

Su tío Max le dijo que le enviara todos los papeles que tuvieran de Jacob, que él, junto con una colega que era cardióloga pediatra revisarían la información y buscarían la mejor manera de proceder, y aunque no lo dijo, dio a entender que quería corroborar el diagnóstico, más para la tranquilidad de su sobrino, que porque creyese que estaba equivocado. Max notó el vibrato en la voz de Matthew cuando este le confesó que tenía un hijo, y que estaba enfermo.

Al llegar al hospital, se estacionó y salió del auto con las rosas y el peluche en una mano. El corazón le palpitó con fuerza, buscando salir de su pecho. Sintió la boca pastosa y la lengua enredada, en especial cuando la enfermera de recepción le preguntó a quién iba a ver. Por un segundo, se quedó en blanco y las piernas le flaquearon.

Temía por la reacción de Charlotte, no quería ver esa mirada de rechazo, de recelo y decepción de la última vez que estuvieron juntos.

Le dieron el número de cuarto donde se encontraba, aunque eso ya lo sabía, le faltaba la forma de llegar, lo que le facilitaron en el momento.

Frente a la habitación, se quedó parado. Se limpió la mano libre en el vaquero, cambió las rosas y el peluche de mano y repitió la acción. Se relamió los labios, tragó saliva y, por último, cuando se dio cuenta que solo estaba perdiendo tiempo, se infundió de valor y abrió la puerta.

11

CHARLOTTE HABÍA QUEDADO SOLA, su madre fue a la cafetería por algo de comer y un poco de café. Toda la familia dormía poco, tan poco, que una taza de café no era suficiente para mantenerse de pie.

Tenía los ojos inyectados en sangre, una mirada triste y falta de vida. Debajo de sus expresivos ojos dorados, dos ojeras grandes y violáceas que completaban su apariencia, dándole un toque funesto a su rostro. Desde la noticia, no había vuelto a sonreír y su cara parecía trabada en una mueca lúgubre donde las comisuras de sus labios tiraban un poco hacia abajo, en lugar de hacia arriba, como lo hacían siempre. Su tez estaba notablemente más pálida, sus hombros hundidos, incluso parecía haber perdido peso, aunque eso era lógico, después de todo, casi no probaba bocado.

Estaba sentada en la cama del hospital, mirando hacia la ventana mediana en donde entraba un poco de luz, ubicada justo al lado izquierdo de la habitación, junto a la silla donde su madre se había sentado desde que el horario de visita comenzó.

Su madre estaba ahí desde temprano, tratando de que su pequeña niña no se terminara de desmoronar, le había ayudado con todo, incluso la instó a comer un poco más. La preocupación de Lorena, al igual que la de Héctor y Daniel, no solo era por Jacob, sino por Charly. Nadie lo quería decir en voz alta, pero ¿qué iba a pasar si las cosas no salían bien?, o peor… ¿qué pasaría con su hija y hermana si el padecimiento de Jacob…? No lo querían ni especular.

Tanto Lorena como Héctor llegaban en cuanto el horario de visita se los permitía. Héctor era el primero en entrar. Hablaba con su hija por unos minutos, hasta que la hora de ir al trabajo se acercaba y ahí es donde Lorena entraba a la habitación, con una sonrisa fingida que no le llegaba a arrugar la comisura de los ojos, y no disminuía la tristeza que su mirada maternal tenía.

Era una escena bastante melancólica, llena de sentimientos encontrados.

Por su parte, Daniel hablaba, cada que podía, al móvil de su hermana, a veces también le mandaba mensajes con algún chiste. Sabía que no era el momento, pero le apenaba tanto su hermanita que temía que, si no escuchaba algo que la distrajera, sus ánimos decaerían más.

Charlotte siempre los recibía con la misma expresión, la que nunca cambiaba.

Habían pasado tres días desde el nacimiento de Jacob, no parecía mucho, pero para ellos era una eternidad.

Mientras Lorena se tomaba su café en la cafetería, con una mirada cristalina, Matthew entró en la habitación de Charlotte.

Al escuchar el chirrido de la puerta, ella alzó la cabeza y lo observó. Sintió que su corazón se le estrujaba y la garganta se le cerraba. Sus ojos ardieron y sintió las lágrimas aparecer. Prensó los labios con los dientes, pero le fue imposible resistir…

El corazón de Matthew se quebró al ver a Charlotte, al entender la gravedad de las cosas. Se apuró a entrar en la habitación, dejó las rosas y el peluche en la mesa al lado de la cama y en un movimiento que no pensó, la abrazó, poniendo su cabeza llena de cabello rubio sobre su pecho.

—Lo siento, mi amor —dijo con la voz quebrada, apreciando los temblores del cuerpo de Charlotte, la forma en la que trataba de no emitir sonido al llorar.

La abrazó en un gesto firme y delicado con el que le trató de trasmitir que él estaba ahí, que no estaba sola.

Charlotte trató de resistir las lágrimas, resistir el hecho de que ese hombre al que juró jamás querer volver a ver en su vida, el padre de Jacob, estaba ahí. Algo se desconectó de su cerebro, no pudo fingir más, no pudo mantenerse tan serena como había estado luego de que le dieran la noticia, luego de que le inyectaran el calmante. Tenerlo ahí... hizo que no pudiera contenerse más.

Rompió en llanto, ni siquiera estaba segura de que lo que estaba viendo se trataba de un espejismo o era real, ni siquiera lo miró bien antes que sus ojos se empañaran en lágrimas.

Cuando la tomó entre sus brazos fuertes y masculinos, se aferró a él. Y sintió como si su alma se vaciara y pudiera encontrar de nuevo ese lugar donde se podía sentir segura.

Quería reclamarle, alejarlo, ser diplomática, tal vez hacerle ver que él era un mal padre, una mala persona por lo que le había hecho, sin embargo, no lo hizo. Todas las reprimendas se ahogaron en el momento que vio ese par de ojos cerúleos, esos ojos cristalinos y arrepentidos, que la observaron con pesar.

Se aferró a su pecho, se aferró perdiendo todas sus fuerzas. En el fondo, supo que era la otra persona que podía sentir lo mismo que ella. Quizás era una idea equivocada por su parte, al final, la rechazó, así como a Jacob, no obstante, esos ojos... no, esos ojos no podían mentir.

Su cuerpo temblaba y la abrazó, presionando su rostro contra su pecho. Le mojó la camisa con las lágrimas, pero a ninguno de los dos le importó.

—Lo siento —susurró él por lo bajo, sobando su melena, acariciándola, y prometiéndose que, de ahí en más, la sostendría a toda costa. No se iba a alejar de nuevo de Charlotte, y mucho menos de Jacob.

12

Después de un largo rato en el que ninguno de los dos se movió, en el que él dejó que ella se apaciguara, que soltara el peso que cargaba en su espalda, se sentó a su lado.

Charlotte miró hacia el suelo, temerosa de saber qué había detrás de ese rostro que tanto le recordaba a otro más pequeño e infantil que en ese momento se debatía entre la vida y la muerte.

Matthew posó su mano sobre la suya, y aunque no la quitó, supo que ya no estaban tan conectados como antes.

—Lo siento —repitió porque no le salía nada más, porque no existían palabras para expresar lo que de verdad sentía.

Charlotte asintió y rehuyó de su mirada, dejando que su cabello suelto le sirviera de barrera, aunque ese pequeño contacto entre sus manos le hizo sentir un poco mejor, como si después de un frío invierno al fin tuviera un poco de calor, aunque su alma… esa estaba congelada del todo y lo estaría hasta que viera a Jacob fuera de peligro.

Matthew carraspeó para poner sus ideas en orden y poder hablar.

—Hablé con el tío Max. —Charlotte giró la cabeza, aunque no la alzó. Sabía que Max era un cardiólogo prestigioso, y aunque no era ni pediatra, ni cirujano, algo en su interior se removió con esperanza—. Me dijo que podían analizar mejor el caso junto con una colega, pero que debía tener los exámenes que le hicieron, que era la única forma de saber… saber cuál es su estado completo.

Charlotte asintió. Aunque no lo dijo antes, también quería escuchar una segunda opinión, tener la esperanza de que, tal vez en otro lugar cabía la posibilidad de hacer la cirugía o algún tratamiento sin tener que incurrir a un largo viaje, del cual el doctor le había asegurado que no sabía cómo podría responder Jacob. Era un bebé fuerte, pero su nivel de oxigenación… Su cuerpecito no estaba preparado ni siquiera para salir del hospital.

Saber que un especialista de la talla de Max revisaría las pruebas de su bebé, le hizo sentirse un poco más tranquila, con cierta esperanza.

—Bien, le diré a Esaú que me dé una copia de todas las pruebas, seguro que él tiene más de alguna —aceptó a sabiendas de que su primo, quien era uno de los radiólogos del hospital, podría tener alguna forma para mandarle los papeles a Max por vía electrónica.

Se quedaron callados por un momento.

De pronto, Charlotte alzó la cabeza y lo miró, un brillo tenue apareció en sus ojos grandes de color miel.

—¿Quieres verlo? —le preguntó en un hilo de voz.

Matt parpadeó sorprendido y se quedó un instante sin saber qué decir. Inspiró hondo y afirmó, con una media sonrisa que surgió de forma esporádica.

Sus miradas se conectaron y algo se removió en el interior de ambos, sus sufridas almas se sintieron acompañadas, y en ese instante, lo fue todo. Saber que se tenían, pese a lo que había pasado en esa cafetería, hizo que sus corazones latieran un poco más fuertes.

13

LORENA TERMINÓ SU CAFÉ, se levantó de la mesa de la cafetería con una prolongada exhalación con la que pretendió olvidarse de sus cavilaciones. Su corazón de madre le decía que su hija no iba a estar bien, que tenía la cabeza perturbada y eso le hacía cerrarse. Su pobre Charly… Tan joven y pasando por una prueba tan grande como aquella.

Elevó una plegaria al cielo. No era devota de ninguna religión, pero, así como muchos filósofos, creía que existía un motor que movía al universo y, esperaba que, con independencia de si se trataba del Dios de Abraham, o el que fuera, ayudara a su nieto y a su hija para que salieran adelante y pronto, aquella enfermedad quedara atrás.

Compró unas galletas con chispas de chocolate para Charlotte y un poco de café con mucha leche, tal como a ella le gustaba. Quería consentirla, hacer que comiera, aunque fuera un poco.

Caminó observando la comida, sin atreverse a levantar la cabeza. El aroma antiséptico del hospital le hizo sentir náuseas y la blancura del piso no le gustó. El ruido de la suela de sus zapatos contra el piso llegó a sus oídos como música espectral, junto con el sonido del personal médico y los visitantes de los pacientes, en una cacofonía en la que a veces lograba escuchar el lamento de alguna persona, o la emoción de otra.

Giró hacia la izquierda y recorrió el pasillo donde estaba la habitación de su hija, al estar frente a la puerta, se detuvo.

Ni Charlotte ni Matthew se dieron cuenta que la puerta estaba abierta. Estaban abrazándose con fervor.

Lorena observó las manos de su hija prensadas en la ropa de ese hombre alto y fuerte que la sostenía con devoción. Logró vislumbrar la química y unión que había entre esos cuerpos.

Suspiró profundo y sus ojos se quedaron pegados en la pareja. Lo supo en ese momento. Ese era el padre de Jacob. Aquel hombre que abrazaba a su hija con cariño, cuyo rostro estaba distorsionado por la pena y angustia, era el padre de su nieto.

Una marea de emociones la golpearon y le hicieron tambalear en su lugar. Sin embargo, sus pies retrocedieron, entendiendo que tenía que darles intimidad, no solo porque había cosas de las cuales hablar, sino porque había cierta cosa que le hizo ver de que, entre ellos, todavía quedaba muchas emociones guardadas.

Vio la forma en la que ese hombre acarició la cabeza de Charlotte.

Inspiró hondo. Sí, entendió bien qué es lo que estaba pasando, incluso si la imagen no era tan clara. Vio la conexión, esa conexión que bien conocía gracias a su matrimonio. No sabía qué es lo que sucedió con exactitud entre ellos, no sabía por qué no se hizo cargo de su nieto, pero con ese abrazo lleno de emociones notó lo que antes los unió, estaba ahí.

Despacio, sin hacer ruido, cerró la puerta, se giró y dejó que ellos se arreglaran. En otro momento trataría de hablar con su hija, aunque ella siempre se mostró reservada con el tema. Lorena creyó que era hora que dijera la verdad, después de todo, ese muchacho les debía más de una explicación, y también creyó que era buen momento para que él estuviera ahí. Pensó en su nieto, en ese pequeñito…, los iba a necesitar a todos, necesitaría el apoyo de su familia. Y su hija necesitaría a alguien que la comprendiera al mismo nivel, y aunque hubiera querido ser esa persona con la que se sintiera cómoda para llorar, supo que en sus brazos solo quería ser fuerte para que nadie más que ella sufriera.

Sintió las emociones revolotear en su pecho. La tristeza predominó en su semblante y cerró los ojos para evitar que alguien más lo notara, que notara lo afectada que se encontraba por su nieto y por su *nena*. Su corazón de madre le dolió, pero se sintió mejor al saber que, quizá, y solo quizá, aquel joven iba a ayudar a su hija a estar más fuerte.

14

MATTHEW SALIÓ A BUSCAR UNA ENFERMERA para preguntar si podía ver a Jacob, a su hijo.

Su hijo…

La palabra le resonó en la cabeza, en un eco que rebotaba en las paredes de su mente, revolviendo todo su ser.

Mientras, Charlotte se quedó sentada en la cama, esperándolo.

Quizá, para cualquier persona, lo que había hecho sería una tontería. No solo lo llamó, ni siquiera le reclamó, y para más inri, le estaba permitiendo conocer a ese hijo del cual renegó antes de su nacimiento.

Se relamió sus resecos labios y se frotó las manos, como si las tuviera congeladas; su sentido del tacto estaba apagado y quería algo que hacer con sus manos.

Seguro, algunos la llamarían estúpida por dejar que ese hombre se acercara de nuevo, con todo lo que le dijo… no se esperaría que ella lo invitara a ver al bebé, y mucho menos que llorara sobre su pecho cual niña asustada por una tormenta.

Pero la situación no estaba para que pensara en sus absurdos sentimientos. No tenía cabeza para oír a su ego herido, a su autoestima lastimada, no tenía espacio en su cabeza para oír a aquellas personas que le cuestionarían sus decisiones. No, no quería escuchar a nadie que no entendiera lo que era amar tanto a alguien… que todo lo demás quedaba en segundo plano.

Cerró los ojos y a su mente vino la imagen de Jacob, tan pequeño, tan delgado… Inspiró hondo. Su corazón se vaciló ante el recuerdo de su bebé.

No tuvo espacio para ordenar sus sentimientos, en su lugar, Matthew entró al cuarto y, detrás suyo, la enfermera de la vez anterior.

Sin que lo previera, Matt se acercó y le tomó del brazo para ayudar a levantarla, fijándose en que sus pies tocaran con firmeza el suelo, pese a que los ojos de Charlotte estaban en el cuerpo masculino quien, agachado para estar a su altura, le ayudó a ponerse en pie sin apenas sentir dolor.

Parpadeó y la ilusión antigua hizo que las mariposas que creía muertas revolotearan dentro de su estómago. El momento terminó cuando la enfermera habló y dijo que la siguieran.

A diferencia de la anterior vez, la enfermera no hizo el amago de ayudar a Charlotte. Iba dos pasos delante de la pareja, con una sonrisa de comprensión.

Le gustó ver a la joven pareja. No tenía idea de las dificultades que había entre ellos, y tampoco le interesaban, solo se limitó a sonreír por lo que apreció en la habitación.

Matt le agarraba con firmeza, pero sin ejercer mayor fuerza de la requerida. Al ver cómo se tambaleaba Charly a causa de un ligero dolor que hizo que sus piernas flaquearan, le pasó la otra mano por la espalda y la colocó a su costado, con el fin de estabilizar su cuerpo.

—¿Estás bien? —le preguntó deteniéndose, alzando la cabeza del suelo para interrogarla con su mirada.

Tragó saliva al mirar esos preciosos ojos cerúleos que se concentraron en ella, como si fuera lo único que existía en el mundo. Asintió con la cabeza como un autómata y se regañó mentalmente por ser tan volátil y dejarse llevar por ese color tan vivo y profundo que meses atrás la hipnotizaba.

Alzó la cabeza y lo instó a seguir caminando.

Sus pies se movían lento, a diferencia de los latidos de su corazón. Quizás se debía a la situación, pero miles de recuerdos agradables saturaron su cerebro y sintió su pecho pesado.

Cerró los ojos por un lapso y se recompuso, no quería llevar esa carga pesada a su espalda. Solo quería tener la mente en Jacob, solo él importaba.

Matthew dejó salir el aire de sus pulmones al ver la forma en la que el cuerpo de Charlotte cambió. Se tensó sin darse cuenta, solo él notó su espalda recta, sus labios fruncidos, y no ayudaba nada que su cabeza apuntara al frente con decisión y cierta frialdad.

Lo entendió, comprendió el porqué de su actitud, no le podía pedir otra cosa, ni siquiera podía soñarlo. En cambio, le agradeció en silencio por dejarle estar a su lado y de su hijo.

Llegaron a la sala donde se encontraban las incubadoras. Sintió cuando la mano de Matthew se aferró a la suya y la apretó con más fuerza de la requerida.

Se giró y lo miró por un segundo. Él tenía los ojos fijos en la incubadora donde se encontraba Jacob, no supo cómo lo había logrado diferenciar de los otros bebés que estaban en la sala, pero fue evidente que sus ojos se quedaron detenidos en la cuna aséptica y en los aparatos que le ayudaban a su angelito a oxigenar mejor.

Lo observó con detenimiento. Se había quedado paralizado, sin respirar, sin parpadear, sosteniendo su mano como un salvavidas que no pensaba soltar. Con la boca entreabierta y los ojos acuosos.

La enfermera se acercó abrió la incubadora y sacó al pequeño Jacob, quien seguía adormilado, como la última vez, vestido con un sencillo pañal desechable, unos calcetines, guantes y un gorrito de tela a juego.

Charlotte despegó la mirada de Matthew y observó a su nene, estaba tan azul como la última vez, se acercó dejando atrás a Matthew que estaba en shock por comprender la gravedad de la enfermedad.

Caminó hasta tener a su hijo en manos y sonrió con ternura al ver como sus ojos se abrían y tenía ese mismo color rico y elegante de los de su padre. Lo agarró con cuidado y se lo acercó a su cuerpo, observando cómo sus ojos se cerraban y abrían, las pupilas no se enfocaban y le hacían ver como si estuviera mareado.

La boca le tembló al entender la razón del porqué sus ojos estaban de esa manera.

—Hola, hermoso —le habló quedo, dibujando con uno de sus dedos la naricita de Jacob, y luego el contorno de su carita coloreada por las venas.

Tragó el nudo que se le formó y relegó la tristeza para otro momento. No quería que el bebé lo sintiera, no quería que viera a su mami llorando, quería que la mirara y reconociera, que guardara sus facciones con dulzura.

—¿Cómo estás, amor? —siguió hablando con la voz temblorosa, sin quitar la sonrisa de su rostro—. Espero que hayas comido bien hoy, así estarás fuerte.

—Ha comido —reconoció la enfermera para tranquilizarla, obviando que le costaba succionar.

Matthew miró la escena con el corazón estrujado. Ver las máquinas, la especie de cuna de plástico trasparente… fue suficiente para hacer que sus latidos se detuvieran, para hacer que la culpabilidad, el remordimiento, la frustración y la tristeza se adueñaran de su alma. El cuerpo le tiritó al ver la forma en la que Charlotte acoplaba a Jacob a su cuerpo. Era tan natural y mágico, que le dolió más lo que hizo, sus palabras lo atormentaron, el tiempo lejos hizo que sus piernas se aflojarán.

El aire apenas le entraba, tenía la garganta cerrada.

Se dijo que no podía desmoronarse, no cuando tenía que aprovechar la oportunidad que Charlotte le dio, no podía llorar como un niño por el tiempo perdido, por lo cretino que fue.

Con pasos dudosos, se acercó. Antes de hablar se relamió los labios y tragó saliva para poder respirar con menor dificultad.

—¿Puedo? —logró preguntar en apenas un susurro.

Ella alzó la cabeza, lo miró por un segundo, sonrió, una sonrisa que le llegó hasta la comisura de los ojos, a diferencia de la anterior. Sin pensarlo, le ayudó a acomodar a Jacob entre sus brazos.

Cuando lo tuvo bien agarrado, bajó la cabeza y contuvo el aliento. Era tan pequeño que solo necesitaba un brazo para sostenerlo. Era tan delgado que su mano sobresalía de su cuerpecito. Estaba rígido, no se quería mover para que los cables y aparatos se desconectaran de Jacob. Lo observó sin dar crédito a lo que estaba viendo.

Su visión se nubló y se agitó al observar el estado del pequeño, la fragilidad de su cuerpo, la forma en la que respiraba y su pecho se movía. Se fijó en la forma en la que la piel se transparentaba y se pegaba a sus huesos. Sus piernas eran escuálidas, al igual que sus brazos.

Lo sintió delicado.

Jacob necesitaba algo mejor que un padre como él, necesitaba un hombre de verdad, no un niño que estaba conteniéndose para no llorar.

Quiso gritar, quiso abofetearse, quiso maldecirse, quería hincarse y rogarle por su perdón, por el perdón de los dos. El pecho se le estrujó.

Charlotte puso una mano sobre su brazo.

—No permitas que te vea llorar —le dijo con suavidad, para luego apretar su brazo.

Alzó la cabeza y observó su mirada de advertencia, que le dio a entender mucho. Parpadeó un par de veces para relegar las lágrimas, sorbió la nariz y volvió la mirada hacia Jacob, quien se había dormido entre sus brazos.

Se quedaron en las incubadoras todo el tiempo que pudieron, admirando cada movimiento que Jacob hacía. Le acariciaron y le hablaron. Le contaron algún cuento e incluso, se animaron a cantar una nana en un susurro quedo que solo era para los oídos del pequeño. Antes de irse, cada uno le dio un beso en la frente y se despidieron, prometiendo volver cuando pudieran.

15

—NO SE PREOCUPEN, con la dirección de correo electrónico que me has facilitado, le enviaré todas las pruebas a tu tío —canturreó Esaú, con una sonrisa relajada, mirando a Matthew y a su prima de manera intercalada.

—Gracias por lo que estás haciendo, de verdad te lo agradezco —dijo Charly con un tono de voz dulce, y las manos sobre el regazo que, inquietas, se movían para soltar la energía que se acumuló su el cuerpo.

—No hay problema, de verdad es un placer ser útil. Además, somos familia —aseguró Esaú.

Hablaron un poco más sobre la salud de Jacob, donde Charlotte le comentó lo hermoso que era su bebé, mientras que Matthew se quedó rezagado, dejando que los primos conversaran a sus anchas, aunque no estaba seguro del todo, le molestó un poco la cara de Esaú, no sabía precisar el porqué, se sintió extraño cuando entró en la oficina de radiología y se sentaron a conversar con él para pedirle ayuda, puesto que no querían mandar unas simples fotos de las pruebas, que seguramente tomarían mal.

Se quedaron un rato más, hasta que fue hora de regresar a la habitación. Charlotte tenía que extraerse la leche y a Matt no le quedaba mucho tiempo. En algún momento tendría que salir del hospital y regresar al trabajo, aunque había pedido medio día para poder ir al hospital. También tenía que hacer una llamada importante, mejor dicho, hacer una visita importante.

Se levantaron. Los primos se despidieron y ambos le agradecieron a Esaú, aunque la sensación de que algo raro pasó en esa habitación no se le borró de la mente a Matthew.

Acompañó a Charlotte hasta su habitación en un silencio un tanto espeso que le recordó todo lo que no se habían dicho.

—No es cierto que te fui infiel —comentó sin pensar, aunque sabía que no era el momento, simplemente se le escapó de la boca como vómito verbal que se tiene que expulsar sí o sí.

Charlotte se detuvo, anclada al piso del pasillo, lo que también detuvo su andar. Alzó la cabeza y la miró. Ella tenía la vista clavada en el piso, sus ojos estaban más oscuros que antes, y tenía los párpados entornados, los músculos de la garganta se le saltaron al igual que una vena en la frente. Conocía ese gesto, lo vio pocas veces, pero supo que estaba muy, pero muy enojada.

—Ya no importa —atinó a responder ella.

Pestañeó y las cejas se le alzaron. Esa era una respuesta que esperaba, aunque no por eso le hizo sentir menos infeliz.

—Sí que importa —replicó por lo bajo, tratando de captar esa mirada color miel.

Los ojos de ella se enfocaron en los suyos y percibió la dureza de esa mirada gélida y sombría que le dedicó.

—No, no importa porque no me interesa nada de lo que pasó. Para lo único que tengo cerebro es para concentrarme en mi hijo, para estar al tanto de él, de sus necesidades, no de las tuyas, no me importa si pasó así o solo lo dijiste para herirme —le atacó, siseando, hablando con la mandíbula apretada, mientras sus ojos miel se prendían tomando un brillo singular que le hizo despertar un poco de ese letargo melancólico en el que estaba—. De todas formas, ambos casos son imperdonables. La única razón por la que estás aquí es porque tu hijo te necesita, no yo.

Furiosa, se quitó sus manos del cuerpo, no quería tenerlo cerca en ese momento, y aunque no tenía la suficiente fuerza para seguir sola, comenzó a caminar, dejando que su ego lastimado ganara la batalla, dejando a un dolido y arrepentido Matthew atrás.

«¡Vaya desfachatez!» —exclamó mentalmente, enojada, dejando que el dolor se convirtiera en furia e inyectara su sangre con adrenalina, lo que le hizo poner un pie frente al otro y llegar a su habitación sin ayuda de nadie.

Respiró hondo y se desinfló al verse sola.

Vio una pequeña nota de su madre sobre la mesita de noche.

«Vendré mañana, pero te dejo un pequeño y nada nutritivo refrigerio en el cajón de la mesa».

Una sonrisa tenue apareció en su rostro al leer la nota. Como bien imaginó, su madre se fue a casa sin decirle, quizá sabía que estaba en los cuneros y de ahí que se hubiera ido a comer a casa.

Pobre… Se sintió mal por ella, por tener que estar llegando todos los días al hospital para atenderla. Al final, el hospital no estaba cerca, tenían que conducir por un rato y no le era sencillo a su padre hacer tal trayecto muy tarde, puesto que sus ojos no funcionaban bien de noche.

Sintió su presencia antes de que él carraspeara, haciéndose notar. No giró la cabeza, lo miró con su visión periférica, parado en el umbral de la puerta.

—Sé por qué me permites estar aquí —dijo con la voz aterciopelada y un rastro indiscutible de culpabilidad en su tono—. Sé que he arruinado mucho las cosas entre nosotros, así como sé que ahora no es el momento, ni para ti, ni para mí. Sin embargo, quiero que sepas que nada de lo que dije fue verdad, y que, de ahora en más, me concentraré en demostrártelo. No solo que estoy arrepentido… Te quiero, te quiero a mi lado, a ti, y a ese pequeño que se parece tanto a mí por fuera, pero que estoy seguro de que por dentro se parece a ti, con esa misma alma dulce y resplandeciente. Solo quiero que sepas eso… —hizo una pausa para escudriñar la reacción de Charlotte, quien tenía la mirada ausente y vacía.

»Adiós, preciosa, prometo volver mañana, pasado mañana, y todos los días —se despidió de ella. Se quedó unos segundos esperando alguna reacción, pero no pasó nada. Se dio media vuelta, cerró la puerta a sus espaldas y se fue a la salida del hospital, sintiéndose mal y a la vez, con un peso menos en el corazón.

16

Se revolvió el cabello oscuro con la mano, desarticuló su cuello e, infundiéndose de fuerzas, tocó el timbre de la casa de sus padres.

Pospuso ese momento durante muchos meses, demasiados, quizá para evitar ser juzgado, quizá para evitar ver la mirada de decepción que seguro su padre y madre pondrían. No quería estar ahí, estaba nervioso, le transpiraba el cuerpo, y no ayudaba que la camisa del trabajo fuera tan formal que le hiciera sudar.

Se limpió las manos en el pantalón chino de color negro que llevaba puesto y alzó la cara al escuchar un andar pausado y suave. En seguida reconoció a su madre por sus pasos cortos. A lo lejos, oyó el ladrido de un perro.

«Kratos…» —pensó, con una sonrisa ladeada que le hizo olvidar por un segundo lo que estaba a punto de hacer. Su mente le trajo la imagen mental del pequeño perro salchicha que, con más de diez primaveras, aún seguía tan enérgico y enojado como cuando era un cachorro.

Sacudió la cabeza cuando la puerta se abrió y su madre sonrió grande al reconocerlo. Se abalanzó sobre su hijo y le dio un maternal abrazo que lo descolocó aún más.

—Mi niño —exclamó Zara, la madre de Matthew, apretándolo con efusividad.

Se alejó de él y lo inspeccionó de pies a cabeza, con los ojos tan azules como los de su hijo, con los que lo examinó para determinar el estado de su retoño. Parpadeó y volvió a sonreír.

Pese a los ojos, Zara no guardaba tanto parecido con su hijo. A sus cincuenta y siete años, tenía el cabello completamente cano, liso, el cual llevaba siempre a la altura del hombro. Su piel era delicada y blanquecina, además, tenía más de alguna arruga en el rostro, pese a que las cremas antiarrugas habían prevenido que su rostro se llenara con ellas. Era una mujer petiza y delgada, con una cara delicada, de rasgos femeninos, con los ojos grandes y brillantes de ese tono tan azul que eclipsaba sus demás rasgos, a juego con una nariz pequeña y una boca delgada, rasgos que en su juventud le hicieron ver hermosa y en su adultez le daban cierto toque clásico y elegante a su apariencia.

Le dejó entrar y se abrazó a él en el camino hacia la sala, preguntando sobre el trabajo y demás nimiedades que toda madre consulta para saber cómo está su hijo.

Su padre, Roberto, estaba sentado cómodamente en uno de los sillones reclinables, viendo un drama coreano, mientras leía los subtítulos sin detenerse a mirar a su hijo y esposa.

—Te dije que le pusieras pausa —lo regañó Zara, entre dientes, molesta por la muestra de deslealtad de su esposo al seguir viendo la novela sin estar presente.

Roberto gruñó por lo bajo, le puso pausa, salió de la aplicación y apagó el televisor. Tiempo en el que Matthew aprovechó a sentarse en el sofá y esperar a que su madre volviera de la cocina, de donde seguro llevaría alguna merienda para compartir.

—Y bien, ¿cómo estás, muchacho? —preguntó Roberto, con un tono de voz bastante militar.

Era difícil creer que, uno de los más renombrados Almirantes de la Marina del país, fuera fanático de los dramas coreanos románticos y que, a su vez, fuera tan rígido con su hijo, con el que se parecía en todo. Matthew era una copia idéntica de su padre, solo en la edad y en los ojos se diferenciaban. Roberto era un retirado militar de sesenta y tres años, aunque su cabello le hacía ver más joven, con unos penetrantes y duros ojos oscuros que, cuando era niño, siempre le hacían confesar las fechorías. Era alto, de hombros anchos, cejas pobladas, mandíbula cuadrada y nariz recta y algo grande, así como su hijo, llevaba una barba bien cuidada, oscura y tupida.

Antes de que pudiera responder la pregunta, su madre entró a la sala con una bandeja cargada con tres vasos grandes de té helado, así como algunas galletas que, Matthew sospechaba que compraba para cuando él llegara.

Se aclaró la garganta mientras su madre decía lo bueno que estaba ese nuevo té que habían comprado, y su padre se agazapaba unas galletas sin que Zara lo observara y así evitar el regaño por su azúcar alta.

—Y bien, hijo, me alegro de que hayas venido a vernos, pero por norma no vienes un día de semana —apuntó ella, con alegría, sentándose a su lado, con una enorme sonrisa en los labios, para luego darle un pequeño sorbo a su té helado.

Su cuerpo se tensó. Tenía que decirlo, tenía que hablarles sobre su nieto. Cerró los ojos frunciendo el entrecejo y, sin alzar la cabeza o ver a ninguno de los dos, sacó de su sistema la noticia.

—El 29 nació mi hijo —anunció con la voz ronca.

Se quedó quieto un rato, pero no escuchó ni los ladridos del perro, el cual estaba jugueteando en el pequeño jardín que estaba al lado de la sala.

—¡Qué! —exclamó su padre, sacando a todos del estupor.

Matthew abrió los ojos y su vista fue a Kratos, quien perseguía a una mariposa, brincando de un lado a otro, aunque sus piernas pequeñas le evitaban ir muy lejos.

—Sí, tienen un nieto. —Asintió—. Se llama Jacob, es un bebé... increíble. —Se le formó una breve sonrisa en el rostro.

—¿De qué estás hablando, cariño? No lo entiendo —apuntó su madre, con las cejas alzadas y una mirada interrogante que Matthew sintió, pese a que no se atrevió a verlos.

Inspiró hondo y, les contó todo, sin darles respiro, sin darles espacio para que procesaran todo lo que ocurrió en esos meses. La forma en la que trató a la madre de su hijo y... Por supuesto, les dijo lo enfermó que Jacob se encontraba.

Al finalizar, su madre se levantó, se le quedó viendo. Los labios le temblaban y su gesto se congeló en una mueca dura e incrédula, al mismo tiempo. Sin preverlo, la mano de Zara se alzó e impactó contra la mejilla de su hijo, haciendo que su rostro se volteara.

—No te crié para que fueras un... un... —No hallaba palabras para expresar lo que hizo su *retoño*, lo que le hizo a esa pobre mujer. Renegar de un hijo...

Chasqueó la lengua y se removió en su puesto, ofuscada, con una imagen mental de Matt, su pequeño niño, que siempre le hacía hermosas tarjetas para el día de la madre..., ya no era dulce, ni educado, ni compasivo, ni... No era el mismo. Se derrumbó en el sillón, a su lado. Escondió su rostro dejando que esa opresión que le compungió su corazón se hiciera con sus emociones y la hiciera querer llorar desesperada, no solo por Matthew, sino por su nieto...

«Mi nieto...» —pensó Zara con dolor.

Mientras, Roberto se quedó quieto, en shock, sin saber qué decir o hacer. En cuanto escuchó el sonido que produjo la cachetada, se despabiló, pero seguía sin entender lo que había salido de la boca de su hijo.

—¿Cómo pudiste? —reclamó Zara, con la voz entrecortada por las emociones que la estaban embriagando.

—Lo siento —logró articular Matthew, sin moverse del sitio donde había quedado luego del golpe, no podía levantar el rostro, mucho menos mirarlos—. Lo siento tanto —alzó la voz—. No saben cuánto me he arrepentido por lo que hice, por lo que dije. Me arrepiento por haberle faltado a él, a ella, y a ustedes. Yo... Tuve miedo, me dejé llevar por la estupidez y...

Zara se levantó como si debajo de ella hubiera un resorte que la impulsara.

—Ahora no puedo si quiera escucharte. No sé ni cómo mirarte —le dijo sin voltear, con los ojos acuosos y la mirada perdida. Su rostro estaba rojo por la furia y por el llanto contenido.

Apretó sus manos en dos firmes puños e, indignada, pero, sobre todo, enojada, se fue a su habitación sin añadir una sola palabra.

Matthew siguió el recorrido de su madre, observando la forma violenta de su andar, hasta que la perdió de vista. La mejilla le escocía, al igual que los ojos y la garganta. Tragó con dificultad y, como niño regañado, alzó de a poco el rostro hasta mirar a su padre quien observaba a Kratos jugando en el jardín.

Roberto no se movió, solo contempló al perro.

—¿Sabes, hijo?, hay ciertas cosas que nos definen como personas. Dejarse llevar por las emociones es una de ellas, y tú, hiciste algo malo, muy malo, llevado por el miedo y lo que sea que te haya impulsado a renegar de tu progenie. Ahora tendrás que lidiar con tus acciones, incluyendo la ira de tu madre. Dale tiempo, seguro que pronto te llamara para ver al bebé —dijo con calma, como si entrara en juego el militar que llevaba por dentro—. Por hoy, será mejor que te vayas, ya te llamaré mañana para saber si podemos conocer a Jacob.

Matt se pasó las manos por la cabeza y finalmente, asintió, entendiendo lo que su padre había dicho. Sin más, se levantó y se encaminó a la salida.

—De verdad lo siento, papá —dijo antes de salir de la casa en la que creció, más triste y constreñido de lo que estaba antes de contarles la verdad.

17

Haber pasado parte del día junto a Matthew le significó mucho más de lo que supuso en un principio. Creyó que solo iría por Jacob, que lo suyo se tenía que reducir a hablar de su hijo, en cambio, él decidió pasarse de la raya y hablar sobre lo que no debía.

Se enojó, no lo podía negar, tampoco se pudo controlar, estaba molesta por esa falta de…¡Ni siquiera sabía si era falta de tacto, respeto u otra cosa!

Después de la cena, se acostó en la cama y trató de no pensar en sus palabras, en su aroma, en el vibrato de su voz, en lo cerca que estuvo de ella, en su piel cálida y suave. No quería pensar en él, en absoluto, sin embargo, por más que lo trató de evitar, su mente le llevó una y otra vez a la forma a la que cargó a Jacob, a la manera en cómo lo miró.

¿Cómo era posible que un hombre que había negado ser su padre, lo mirase de esa manera? Hubo tanto en esos preciosos ojos cerúleos que… Por más que quisiera objetar, Matthew demostró verdaderos sentimientos hacia Jacob. Lo que era bueno… Sí, bueno, para su bebé. Él merecía tenerlo todo, y ella no era quién para quitarle el amor de su padre.

Otra cosa muy distinta era su relación con él. Esa relación rota que pisoteó tiempo atrás.

A su mente vinieron sus palabras… Incluso si todo lo que dijo, si la infidelidad y demás era falso, ¿qué sentido tendría que le dijera la verdad en ese instante?

No supo si era mejor que le hubiera mentido. Lo que le dijo… No, no lo podía perdonar, y menos para llevar una relación como pareja, eso no.

Aunque, lo cierto es que no mencionó lo que estaba pensando, él solo se quería disculpar, en ningún momento le dio a entender que quería otra cosa.

Respiró hondo al darse cuenta de ese pequeño detalle. Parpadeó confundida. Quizás no lo había dicho, pero era lo que le hubiese gustado escuchar.

Se pasó las manos por la cara, molesta con esa revelación, con la que se dio cuenta de que aún sentía algo por él. Ni siquiera las palabras y acciones reprobables lo borraron de su mente.

«No, no tengo tiempo para esta clase de ideas, solo debo tener en mente a Jacob, todo lo demás es… ¡Debo concentrarme!» —se dijo con decisión, empecinada con la idea.

* * *

AL DÍA SIGUIENTE, la despertaron temprano, se bañó, se cambió y desayunó un poco de lo que le dieron para comer, prácticamente hizo lo mismo que había estado realizando cada mañana desde que le hicieron la cesárea. Se sentía como que había pasado mucho tiempo en el hospital, pese a que solo eran unos días.

En el trabajo ya le habían dado la incapacidad por maternidad, lo que le daría suficiente tiempo para pasar con Jacob, incluso luego de la cirugía, de la que todavía no tenía información. Tenía que volver a hablar con el doctor, estar segura del siguiente paso, pero, para ello, quería también escuchar la opinión del tío de Matthew.

Por la mañana, antes de que su padre fuera al trabajo, su madre llegó. Llevaba su comida favorita para que saboreara algo delicioso, o al menos esa fue la excusa que utilizó Lorena para preparar la comida preferida de su hija.

Pese a su piel lozana, sus ojos de ese hermoso tono miel, y sus rasgos tan definidos y dulces, la cara de Charly denotaba que estaba pasando por una difícil situación. Ya no solo era su falta de apetito, pese a que siempre picaba la comida que el hospital le proporcionaba, en principio para no preocupar a nadie, sin embargo, la desmejora era evidente. Las ojeras bajo sus ojos, el cabello deslucido, así como su piel pálida, indicaban todo aquello que se estaba aguantando.

Pese a ello, ese día en especial, cuando Lorena y Héctor llegaron, la vieron un poco… mejor. No supieron cómo es que estaba mejor, no obstante, había un brillo tenue en esa mirada avellana que les hizo pensar.

La noche anterior, Lorena le comentó a Héctor la actitud de su hija y la de aquel joven alto y guapo con el que se abrazó.

Ambos estuvieron de acuerdo en esperar el momento apropiado para hacerle la pregunta a su hija. Charly debía contestar lo que tanto les carcomió la cabeza esa noche.

—¿Cómo estás, hermosa? —le preguntó Héctor, aunque sabía la respuesta que saldría de los labios blanquecinos de su hija.

Charlotte sonrió, una sonrisa menos forzada que la que hizo el día anterior, pese a que no le llegaba a arrugar la comisura de los ojos.

—Estoy bien, papá —aseguró tranquila.

Él asintió y la mirada se le fue a las rosas y el peluche que descansaban sobre la mesa al lado de la cama. Charlotte carraspeó y comenzó a hablar, a preguntar cómo estaba su hermano, su cuñada y, por supuesto, su preciosa sobrina.

Héctor entornó los ojos al darse cuenta de la estrategia que su hija ejecutó para evitar que le preguntase sobre los obsequios que claramente alguien fuera de la familia le llevó.

No pudo quedarse durante más tiempo, y por no incomodar a Charly, no le hizo todas las preguntas que rondaban en su cabeza. Se despidieron con dos besos en las mejillas y luego entró Lorena, quien estaba hablando por videollamada con su hijo. Leticia saltaba al lado de su padre para poder ver a su abuela. Era una pequeña muy activa, incluso a esa hora de la mañana, cuando se debería estar preparando para ir a la guardería. A espaldas de la pequeña, estaba su madre tratando de peinar su cabello rubio y liso que tanto se parecía al de su tía.

La habitación se llenó con el sonido de la voz de la pequeña, de los padres, de la orgullosa abuela y, por supuesto, de su tía, «Gigi», como le decía la pequeña, aunque nadie entendía el porqué del sobrenombre, desde que empezó a hablar, la niña decidió llamarle por esa forma y, así se quedó.

Por un minuto, todos hablaron con tranquilidad, hasta que Leticia se fue junto a su madre al jardín infantil, quedando solo Daniel, Lorena y Charlotte.

—¿Cómo está mi sobrino? —preguntó Daniel, con el rictus rígido, aunque trató de mantener el semblante por su hermana.

—Pues… Está como siempre, no ha habido una mejora notable, aunque ayer, por la noche, una de las enfermeras que lo cuida me dijo que su oxigenación subió un poco —relató Charlotte lo que la enfermera pasó a decirle antes de que su turno acabase.

La mujer se conmovió con la historia del pequeño Jacob y sintió un gran aprecio por Charlotte, por lo que, en cuanto se notó la mejoría, corrió a contarle a la madre la buena noticia.

Pensó que la pobre mujer necesitaba saber que su bebé estaba luchando para quedarse a su lado.

—¿Enserio? —preguntó Lorena, sin poder contener la emoción que la embargó, dejando el teléfono en manos de Charlotte, levantándose de la alegría—. Jacob es fuerte, cariño —indicó emocionada, arrugando la cara para evitar que le ganara las ganas de llorar, aunque al menos, esa vez no era por estar triste.

—Lo es —concordó Charlotte, con una gran sonrisa en los labios, una sonrisa auténtica y serena.

En realidad, ella sabía que la mejora no era algo del todo favorable, ya que el corazón de su angelito seguía confundiendo la sangre oxigenada con la desoxigenada, y eso no iba a cambiar hasta el momento de la cirugía.

Tanto su madre como su hermano comenzaron a hablar de lo bueno que era que Jacob mostrara un progreso, de las ventajas que podría tener esa pequeña brecha de esperanza, dentro de ellas, una que, sin quererlo, acertaron al pensar.

Jacob saldría de cuidados neonatales, al menos por un rato, así poder estar junto con su madre, nueva que supieron a la hora del almuerzo.

El doctor llegó mientras Charlotte estaba almorzando junto a su madre, y les dijo que podrían ver al pequeño en unas horas. No lo tendrían por mucho tiempo, pero verían cómo respondería Jacob a estar sin oxígeno asistido y demás aparatos que, hasta ese momento tenía.

Sin querer, Charlotte observó el oso de peluche que llevó Matthew y se preguntó si él podría estar para ese gran suceso.

18

—MIRA LO HERMOSO QUE SE VE con el pequeño *body* blanco —suspiró Lorena con cariño, engatusada con la imagen de su nieto menor, quien estaba plácidamente dormido sobre la cama que ocupaba su madre todos los días.

Charlotte lo miró embelesada.

—...Aunque, le queda un poco grande —meditó al ver la prenda sobre el frágil cuerpo de Jacob.

—Lo sé, pero es el más pequeño que tenemos; no he podido conseguir otro —se excusó Lorena un tanto apenada, y a su vez, su corazón se constriñó al saber lo pequeño que estaba Jacob. Era increíble que pudiera estar con ellas en ese momento. Sacudió la cabeza, sacando de su mente los malos pensamientos. Una idea tentadora se paseó por su psique y le hizo sonreír—. Colócate a su lado, les quiero tomar una foto —exclamó emocionada.

—Está bien, pero quita el *flash* —convino Charlotte, sentándose en la cama con cuidado y desplazando su cuerpo para que su rostro quedara al lado del de Jacob.

No pudo apartar los ojos de su bebé, estaba tan hermoso, con su *body*, sus calcetines blancos y los guantes que hacían ver sus manos más chicas.

«¡Es un regalo del cielo!» —pensó, cautivada por esa parte de su alma que habitaba en ese dulce cuerpecito y que siempre estaría junto a él.

Lorena aprovechó a hacer mil fotos, mismas que mandó al chat familiar, hasta llenarlo con imágenes de Jacob. La sonrisa le tembló al observar a Charly acariciar con un dedo el pómulo de su nieto, con delicadeza y un brillo especial en los ojos.

Temió por ambos, temió que las cosas empeorasen y que la pesadilla solo se hiciese más y más larga.

No sabían lo que sucedería, la zozobra les estaba pasando factura a todos, aunque de diferentes formas, tenían que agarrarse a ese clavo ardiente que era la esperanza si querían seguir adelante.

* * *

JACOB SE QUEDÓ CON ELLA hasta un poco después de que Lorena se fuera con Héctor, el cual pasó unos minutos a ver a su nieto.

Incluso su hermano hizo una videollamada para conocer a su sobrino, aunque la mayor parte del tiempo pasó dormido.

La enfermera que le había ayudado a sacarse la leche la primera vez llegó y le ayudó a colocarse a Jacob en el pecho para amamantarlo. Les costó hacerlo comer, pero una vez lo lograron, fue magia. La conexión entre esas dos almas se hizo latente y el corazón de Charlotte creció al doble de su tamaño. Le acarició las mejillas pálidas y le besó la cabecita mientras él comía. También le susurró una nana, aunque la voz le temblaba y el sonido salía entrecortado.

Jacob se quedó dormido en sus manos, tan quieto y tranquilo que le hizo sonreír. Sus ojos brillaron y repasó cada una de sus facciones.

La enfermera, al admirar el vínculo entre madre e hijo, decidió dejar al bebé un rato más en los brazos de Charlotte. En un susurro le informó que regresaría después de acabar algo que «tenía» que hacer.

Un pensamiento fue metiéndose de apoco en la cabeza de Charlotte… Todos vieron a Jacob, bueno, casi todos, faltaba alguien.

Un suspiro grande que surgió desde lo más profundo de su alma fue lo único que se escuchó en toda la habitación. Alzó la cabeza y vio el reloj que colgaba de la pared que había frente a la cama.

Faltaba poco para que la hora de visitas concluyese. Se le hizo un nudo en la boca del estómago.

«Ojalá pudiese venir» —pensó con pesar, pero desechó la idea casi de inmediato.

Destensó su rostro y volvió a sonreír, centrándose en Jacob.

* * *

LLEVABA MÁS DE VEINTE MINUTOS ATRAPADO EN EL TRÁFICO. Desesperado, le pegó al volante con fuerza y se le arrugó la frente, molesto por tener que esperar, mientras otro auto se trataba de meter en su carril y así poder salir por el desvío que llevaba hacia el hospital, un atajo que a muchos les gustaba tomar con el fin de agilizar el tránsito.

Hizo una maniobra arriesgada y se metió en el carril para entrar al hospital antes de que otro automóvil se le atravesara. Quedó solo a unos centímetros del otro vehículo y, de no haberse detenido a tiempo, hubiese impactado con él.

Tamborileó con los dedos sobre el volante y se quedó viendo la hora en el tablero de su camioneta. Faltaba todavía más de veinticinco minutos para que la hora de visita acabase.

Pese a que era un hospital privado y, en teoría no había tal cosa como un estricto horario, sí había horas en las que los visitantes no podían deambular por los pasillos. Sabía por la conversación entre Charlotte y su primo, que ella rechazó que alguien se quedara a su lado, no estaba seguro del motivo, supuso que se debía a su amabilidad nata, esa misma que le complicaba pedir ayuda, o aceptar una muestra de solidaridad.

Inhaló hondo cuando avanzaron y llegó al estacionamiento del hospital, mismo que estaba bastante vacío debido a la hora.

El cielo estaba oscuro, las estrellas hacía mucho no brillaban gracias a la contaminación lumínica. La luna apenas resplandecía, y el estacionamiento estaba mal iluminado debido a un todoterreno que obstruía la luz de la lámpara, no obstante, nada de eso le impidió correr entre los autos y llegar a la entrada del hospital.

Se detuvo cuando el oficial de seguridad abrió la puerta, y luego trató de caminar rápido. Quedaban más o menos quince minutos y necesitaba verla, necesitaba que supiera que él estaba para ella y para su hijo.

Le pesó no poder salir antes del trabajo, pero le fue difícil, en especial porque la empresa ya no le tenía ni una consideración por haberse ausentado parte del día anterior. Además, su trabajo era necesario. Matthew era el Coordinador Comercial de un importante Consorcio de corredores de bolsa, un trabajo estresante y difícil.

Al cruzar hacia el último pasillo, aceleró la marcha al no encontrarse a nadie más. Sin pensarlo, abrió la puerta de manera abrupta, resoplando por todo el recorrido que hizo y por lo alterado que ya se encontraba desde antes.

Colocó sus manos sobre las rodillas, encorvando su espalda y resopló para poder regular su respiración.

—Lo siento, no pude venir antes —se disculpó hablando entrecortado.

Al erguirse se encontró con un cuadro digno de retratar, una imagen que quedaría grabada en sus pupilas. Su boca se entreabrió y se quedó paralizado de la emoción, ni siquiera pudo entrever si lo que presenciaba era real o se trataba de un sueño.

La luz de la habitación bañaba a esos dos seres que tanto significaban para él, a los mismos que tanto había dañado.

Enfrente, Charlotte estaba sentada sobre la cama, apoyada contra el respaldo metálico de esta y las piernas estiradas y cubiertas por la sábana blanca del hospital. Y, sobre sus brazos blancos y delicados, Jacob, su hijo… plácidamente dormido, con sus facciones relajadas y la boca semiabierta que le daba un toque angelical. Era una estampa idílica, hecha para soñar y recordar por el resto de sus días.

—No grites —le regañó Charlotte, aunque en su voz no había ningún tono de reprimenda, por el contrario, una sonrisa cálida se apropió de sus facciones, haciendo que un brillo especial que provino desde adentro iluminara su mirada color miel.

Se notó extraña, un calor diferente la invadió y… no sabía cómo describir todo aquello que sintió, sin embargo, no pudo evitar sonreír al ver a Matt parado en el umbral de la puerta, con el gesto embobado, admirando cada detalle de lo que estaba observando. Su rostro fue un poema que podía plasmar en su mente, una vez tras otra, con solo alargar su mano. Sus cejas se alzaron, su boca se entreabrió en sorpresa.

A Charlotte le gustó su semblante, sin duda, era de sus preferidos, y quizás era por ese algo a lo que no le hallaba nombre, quizá fuese por la emoción que él demostraba.

—Lo siento —se disculpó de nuevo. Entró a la habitación y cerró la puerta a su espalda—. ¿Cómo es eso posible? —preguntó acercándose hasta que sus piernas se toparon con la cama, momento en el que se encorvó para poder ver a Jacob de cerca y apreciar sus pestañas rubias.

—Ayer una enfermera me dijo que sus niveles de saturación de oxígeno estaban mejor, así que hoy el doctor ha querido ver cómo respondía a estar fuera de la incubadora, además, como su ictericia no era grave, también le quitaron ese aparato —informó entusiasmada, no estaba segura si era por su presencia, por poder oler su aroma, esa mezcla de su colonia y sudor que tan bien se combinaban, o quizás era por contar el progreso de Jacob, un progreso que quizás les haría más fácil el viaje en avión.

Matthew alzó el rostro y se encontró con esos ojos grandes y brillantes que le hicieron revivir uno y mil recuerdos en los que se sumergió relajándose y a su vez, desconcentrándose de lo demás.

Y, quizá fuera el hecho de estar los tres juntos, de tener un descanso al saber que la salud de Jacob estaba mejor, quizás era por todas las hormonas del otro, que los invitaban a dar un paso más, quizá fuera la añoranza de estar en los brazos del otro, quizá fuera el cúmulo de emociones que cada uno sentía dentro de sus almas, quizá fuera todo, quizá solo fueran ellos... Sin embargo, cuando sus miradas conectaron, azul y miel, todo quedó suspendido y se sintieron abrumados por ese nuevo oleaje de emociones que despertaron en el otro, esas que se pensaron estaban dormidas.

Charlotte no pudo apartar la mirada. Tragó saliva con dificultad y se relamió los labios.

Sus corazones latieron en la misma sintonía, como si el tiempo no hubiera pasado, como si uno no hubiera herido al otro, como si nada más que ese pequeño ser que estaba entre ellos, fuera lo único que importara.

19

JACOB SE REMOVIÓ y eso acabó con la conexión. Charlotte parpadeó y alejó la mirada. Necesitó respirar profundo, aunque se arrepintió cuando su olfato se colmó con su fragancia, esa misma que tiempo atrás le hizo rendirse a sus deseos carnales. Sacudió la cabeza y observó a Jacob.

Matthew destensó los hombros, sin embargo, su sonrisa fue más definitiva. Un pequeño resquicio de esperanza se instauró dentro de su pecho. Posiblemente era muy atrevido de su parte creer que podía solucionar las cosas entre ellos, pero pensó que al menos lo debía intentar.

—Estás hermosa —susurró bajito, con la voz un tanto ronca—. Y Jacob… se ve mejor, le queda estar en tus brazos. —Acarició la mejilla de su hijo.

El pequeño se agitó entre las manos de su madre y pareció que aquel toque le gustó.

Charlotte tuvo que evadir ese rubor que le recubrió las mejillas. Llevaba bastante tiempo sin escuchar sus halagos y ese, en específico ese, la hizo sentir especial.

Tenía algún tiempo en que su apariencia física dejó de tener tanta importancia, no porque no quisiera sentirse hermosa, sino porque no tenía cabeza para ello. Primero fueron los malestares del embarazo los que le hicieron ver ojerosa y fatigada, luego el parto y las malas noticias sobre la salud de su bebé. Su imagen pasó a último plano, no obstante, ahí seguía dentro la mujer que estuvo enamorada de Matthew, la que se quería ver bonita para sí, y para él. Ni siquiera estaba segura de que ese sentimiento se hubiese extinguido. Pensó que su amorío quedó atrás, pese a ello, al mirarlo, al percibir su aroma…

—¿Quieres cargarlo? —preguntó para quitarse esas ideas alocadas de la cabeza, ideas que ni siquiera tenía espacio de procesar.

Matthew alzó la mirada y asintió. Su sonrisa se ensanchó. Entre los dos, hicieron el esfuerzo de pasar a Jacob de las manos de Charlotte a las suyas.

Una vez lo tuvo contra su pecho, se sintió… diferente. Ya no tenía tanto miedo o remordimientos como la primera vez que lo sostuvo, ahí solo quedaba un gran amor, ese mismo que le hizo quedarse observando lo precioso que era su bebé. Quizá se parecía a él, quizá tenía sus ojos, aunque en ese instante los tuviera cerrados, quizá su piel todavía no tenía un color definido y no podían saber qué color de cabello iba a tener, pero sintió que había tanto de él dentro de su hijo, y a su vez, se dio cuenta de que tenía rasgos de Charlotte, como las pestañas largas, o la boca y quijada. Era una mezcla de ellos, la perfecta simbiosis de sus genes.

—¡Es perfecto! —susurró extasiado, sus ojos centellaban de la emoción. Estaba feliz porque fuera su hijo, porque fuera hijo de los dos.

No podía pedir mejor madre para su angelito que Charlotte, ni siquiera se imaginó estar pasando por todo aquello con otra persona.

—Lo siento mucho, precioso —se disculpó con pesadumbre, sobando su cabecita.

A Charlotte se le hizo un nudo en la boca del estómago y tubo que tragarlo. Se quedó vislumbrando a esos dos hombres que tanto significaban para ella. Matthew era, al final, el padre de Jacob, y Jacob, lo era todo para ella.

En sus brazos, su angelito se miraba más pequeño y delgado, aunque de una forma tierna y delicada. Jacob era hermoso, sin duda alguna. Y Matthew… Matthew era un hombre con mucha virilidad, tan masculino e imponente.

Mirarlos juntos, le hizo recordar la razón por la cual le comenzó a gustar Matt. Era un hombre con tanta masculinidad, que cualquiera pensaría que sería arrogante, brusco, un engreído como muchos otros. No solo porque tenía un alto atractivo, sino porque era inteligente, con un buen trabajo y un porte que ya quisiera tener cualquiera. No obstante, cuando lo conoció se dio cuenta de que las apariencias engañan y en esos ojos azules había mucha gentileza. Era un caballero, hasta que no lo fue…

Se desinfló al recordar lo que ocurrió en la cafetería.

«¡Ojalá pudiera olvidarlo!» —pensó, reviviendo esa escena donde tuvo que soportar esa gran humillación.

«Sin embargo, él está aquí, ¿verdad?» —le dijo su subconsciente.

Inhaló hondo. Sí, él estaba ahí, cuando de verdad lo necesitaba, y al menos, estaría ahí para Jacob, porque no se interpondría entre un padre y su hijo. Pero, esa escena de la familia feliz con la que se ilusionó minutos atrás… No, eso no podía ser.

—¿Me podrías tomar una foto? —preguntó Matthew, sacándola de sus cavilaciones.

Exhaló para eliminar esas ideas y, como si no pasase nada, sonrió y asintió con la cabeza. Sin esperar más, alcanzó el móvil que tenía junto a la mesa, misma donde estaba las rosas, y el peluche. Observó las flores por un momento, aunque no se dio permiso de pensar lo que estas le hacían sentir.

Agarró el teléfono, lo desbloqueó y luego apuntó la cámara al feliz padre, quien sostenía a Jacob con cuidado y cariño.

Matthew sonrió y miró la cámara. Charlotte capturó la primera imagen y luego Jacob se removió y eso hizo que Matthew bajara los ojos y sonriera embobado, resplandeciente, denotando el afecto que sentía hacia su hijo.

No lo pudo evitar. Se mordió el labio con fuerza al sentir su corazón tambalearse. Tomó otra foto y otra más, hasta que la puerta fue abierta, y la enfermera carraspeó, entrando a la habitación sin hacer mucho ruido.

Ambos giraron sus cabezas y contemplaron a la mujer vestida de blanco impoluto.

—Me tengo que llevar a ese angelito —les indicó con el gesto relajado.

Matt parpadeó y volvió a ver a Charlotte.

—Acércamelo, quiero despedirme de él —dijo ella, con una sonrisa calmada, indicándole que no podía hacer nada para que no se lo llevaran.

Matthew respiró profundo, miró a su hijo y luego se acercó a Charlotte, agachándose con delicadeza, lo que hizo que su cuerpo se tensara, pero lo resistió.

Charlotte besó la cabeza de Jacob y él hizo lo mismo al alzarse. La enfermera, con una sonrisa pícara nada discreta, le quitó al bebé de las manos.

—Vamos, cariño, dejemos a tus papis solos —comentó sin ver a ninguno de los implicados, simplemente giró sobre sus talones y salió de la habitación.

Ambos se quedaron observando la puerta abierta de la habitación, sin saber qué hacer. Sin Jacob, no supieron cómo proseguir. Ambos estaban tensos, sin saber qué decir para llenar el vacío espeso que les hizo meditar sobre qué debían hablar.

20

EL SILENCIO CONDENSÓ EL HUMOR DENTRO DE LA HABITACIÓN, como si un ente extraño se apropiara de cada resquicio que había libre.

Charlotte no paró de mover sus manos, una contra la otra, retorciendo sus dedos, nerviosa por estar a solas con Matthew. La última vez que se quedaron solos, terminaron peleando mientras él se trataba de disculpar.

Matt carraspeó. Tenían que hablar, de eso estaba seguro, y no podría quedarse mucho tiempo, aunque quisiera, el horario de visita no se lo permitiría. Tuvo la idea de esperar hasta que llegaran a sacarlo, mientras, tenía mucho por decir.

Con las manos en los bolsillos, fue hasta la silla, la única que había en la habitación y la arrastró para sentarse a su lado.

Charlotte lo miró fijo, sus latidos aumentaron y sintió su cuerpo extraño. No supo precisar qué le estaba sucediendo, pero se notó «rara».

—¿Podemos hablar solo unos segundos? —preguntó él, con las cejas unidas y una mirada suplicante que bajó las barreras que Charlotte estaba tratando de levantar para no salir lastimada.

Parpadeó porque no pudo responderle. ¿Quería hablar con él?

—Ayer… —tragó saliva Matthew, pero sus ojos no se apartaron de ella—, le comenté a mis padres sobre Jacob. —Se relamió los labios, nervioso—. Mi madre me bofeteó. —Una sonrisa tímida extendió sus labios y Charlotte lo miró asombrada—. Está enojada conmigo, lo sé. Lo he arruinado con muchas personas. —Su mirada se intensificó y ella supo que su arrepentimiento era real, sin embargo, ¿podía perdonarlo por sus bellos ojos cerúleos?—. Lo arruiné contigo, con mis padres y, sobre todo, con Jacob. No puedo evadir la responsabilidad detrás de mis palabras, lo sé.

Charlotte se abrazó, encogiéndose, aunque algo le dijo que tenía que escuchar, que debía dejar que hablara, por eso calló. En su interior, sus sentimientos cambiaban. Sentía pena por él, también seguía enojada, y… había algo más.

—Sé que te he lastimado, te he lastimado demasiado. Eres la persona a la que más disculpas le debo. —Inspiró hondo y sus ojos descendieron hasta el piso—. Pedir perdón no va a arreglar lo nuestro, estoy consciente. Pero, me gustaría, al menos, estar a tu lado. —Alzó la cabeza y la admiró con una mirada intensa que traspasó su alma y la hizo sentir incómoda—. Quiero estar contigo en cada momento. No te voy a volver a dejar sola, Charlotte, te lo prometo.

Le tembló la mandíbula. Su promesa removió todas las emociones, el enojo se disolvió. El pecho se le oprimió. Ojalá le hubiese dicho eso desde el principio, ojalá hubiese estado durante todo el embarazo para ayudar a sostener su cabello cuando las náuseas atacaban, o estar para ella cuando los dolores de cabeza fueron insoportables, o en el momento del parto…

«Pero, está aquí» —le dijo su subconsciente porque en su interior todavía sentía las mariposas revoloteando en su estómago, porque el corazón todavía le latía con prisa cuando sentía su presencia, cuando su característico aroma le colmaba las fosas nasales, o cuando esos ojos azules se posaban sobre los suyos y el tiempo dejaba de tener sentido.

Cerró los ojos. Las emociones la estaban abrumando. Se abrazó con más fuerza. Quería llorar y no estaba segura del porqué. Quería llorar, golpearlo, abrazarlo y dejar que fueran sus brazos los que la consolaran.

Matthew tragó el nudo que se le formó en el esófago, mismo que quería ahogarlo sin dejar que el aire entrara en sus pulmones. Le dolió en lo más profundo de su alma verla tan retraída. Se levantó de la silla, se sentó en la cama y la atrajo a él, con suavidad y delicadeza, hasta que la abrazó rodeándola con sus brazos.

—Lo prometo, no me voy a separar de ti por nada del mundo. No te voy a dejar sola, preciosa —recalcó en un hilo de voz.

21

MATTHEW SE FUE UNOS MINUTOS DESPUÉS, cuando una enfermera llegó a la habitación para advertir que el horario de visita había acabado.

En esos minutos que les parecieron muy cortos, se abrazaron, sin decirse nada. Charlotte sintió que un enorme agujero se abrió en su interior y que solo estando a su lado podía estar tranquila. En los brazos masculinos halló el confort que hacía mucho no sentía.

Recordó esas largas noches, cuando sus manos grandes y hábiles tocaban su cuerpo con tal destreza que su espalda se arqueaba con la mínima caricia, o cuando su boca se deslizaba por su piel cálida, besando su cuerpo con parsimonia y devoción. Rememoró esas miradas lascivas, cuando esos ojos cerúleos perdían color y se oscurecían ante el deseo de hacer que su cuerpo explotara de placer. Revivió esas noches cuando sus cuerpos se unían en una danza erótica en la que sus gemidos se volvían una sola sinfonía excitante que los hacía surcar los cielos y embeberse con el placer del otro.

Tenerlo cerca, mientras la abrazaba de esa manera… fue un placer que ya no se debía permitir, sabía que su corazón peligraba al olerlo, al sentirlo, al palpar su piel suave, al sentir sus músculos alrededor, sosteniéndola.

No obstante, cuando la enfermera llegó y se tuvieron que separar, sintió que se quedaba vacía, fue una sensación desalentadora que la hizo envolverse en la sábana.

Matthew le dio un tierno beso en la frente y le prometió regresar al día siguiente. Ella solo lo miró con esos ojos del color de la miel, una mirada en la que su alma frágil le pidió que cumpliera su promesa, aunque todo su cuerpo lo tratara de callar.

Lo observó marcharse. Miró su mano moverse en despedida y esa sonrisa relajada con la que se fue, dejándola sola.

Se hundió en la cama.

Matt salió del hospital con la resolución de cumplir esa promesa, no importaba lo que tuviera que hacer, tenía que estar para Charlotte y su hijo.

* * *

LA MAÑANA LLEGÓ Y CON ELLA, buenas noticias. Le dejarían a Jacob por el mismo tiempo que el día anterior. Al parecer los doctores estaban verificando que estar lejos de la respiración asistida no significara ninguna desmejora para Jacob.

Volvieron a tomarle fotos, esa vez, Lorena le llevó un *body* blanco de *Superman* el cual tenía una capa roja en la espalda y la letra *S* azul en el pecho. Estaba precioso como el superhéroe de DC.

El pequeño apenas permanecía despierto y Lorena convenció a Charlotte que se debía a que estaba muy pequeño, obviando el hecho de que se mantenía en ese duermevela por su enfermedad. Casi no lloraba y para darle de comer era necesario incentivarlo para que succionase.

Sin embargo, los inconvenientes no eclipsaron la felicidad de la familia.

Daniel volvió a hacer una videollamada cuando Leticia llegó de la guardería. La niña se acercó al teléfono y le habló a su primo con entusiasmo, le dijo todo lo que harían una vez estuviera sano. La niña le hablaba y hablaba, quedándose callada cuando esperaba una respuesta por parte del pequeño, aunque luego hacía de cuenta que este respondía y seguía parloteando. Los adultos permanecieron en silencio y miraron embelesados a los primos, cada uno con su propio encanto.

El día pasó casi de la misma manera que el anterior, aunque la diferencia fue que Matthew llegó antes, justo antes que los padres de Charlotte se fueran.

Entre sus manos, llevaba algunas bolsas, regalos para el pequeño Jacob, la mayoría eran de Zara. Al salir del hospital, Matthew, intencionalmente, le mandó las fotos que Charlotte le tomó, con un único mensaje: *«Este es Jacob, tu nieto»*.

Jugó sucio, lo supo, pero era la forma más rápida de hacer que Zara se derritiese y olvidara el momento amargo que les hizo pasar a sus padres.

Su madre le contestó que se pasara antes de ir al trabajo, que desayunara con ellos, aunque la forma en cómo le puso el mensaje, le dio a entender a Matthew que seguía molesta. No le importó, sonrió y supo que lo perdonaría, tal vez no esa semana, no obstante, lo perdonaría con el tiempo, al final, ella no tuvo que esperar casi siete meses a que él se dignara a abrir la boca.

El desayuno con Zara y Roberto fue muy silencioso. Su madre preparó croquetas deliciosas, entre otros platillos que le hicieron chuparse los dedos. Hablaron poco, en especial hablaron de Jacob. Los ojos de Zara se iluminaron al saber que estaba mejorando, se le fundió el corazón al escuchar a Matthew hablar de él, y aunque estaba enojada todavía, su enojo bajó cuando observó ese brillo paternal en los ojos cerúleos de su hijo, esos ojos que nunca le mintieron, incluso con la edad que *su niño* tenía.

«Ya no es un bebé, ahora él tiene uno» —se recordó con una tristeza etérea que la hizo sonreír.

Quería sostener a su nietecito, sin embargo, entendió que no podía imponerse y llegar al hospital, así que, como muestra de paz, le pidió a Matthew que hablara con Charlotte para que les pudiera dejar ver a Jacob. Roberto secundó la petición de su esposa y continuó con el interrogatorio.

Antes de ser militar, Roberto estudió medicina, como Max, aunque su hermano menor terminó la carrera y él prefirió la parte militar. Hablaron de Max, y sobre cómo ese día le entregaría los exámenes de Jacob a su amiga que era cardióloga pediatra.

Antes de irse al trabajo, Zara se fue al dormitorio y sacó los regalos que preparó el día anterior, por la tarde. De ahí que fuera cargándolos cuando llegó al hospital. Además, durante el almuerzo vio algunos *bodys* que podrían quedarle preciosos a su angelito y no dudó en apresurarse a comprarlos.

Al ver a Lorena y a Héctor en la habitación, se le hizo un nudo en el estómago causado por los nervios de conocer a los padres de Charlotte.

¿Lo aceptarían después de todo lo que había hecho pasar a su hija?

22

Tragó saliva con dificultad, tocó la puerta antes de entrar a la habitación. Los padres de Charlotte se giraron y lo miraron con atención.

Héctor tenía cierto gesto amenazante en su semblante, con los ojos entornados y la boca en una fina línea con la que le dio a entender a Matthew que no le agradaba.

—Buenas tardes —saludó un nervioso Matt, quien, pese a su altura, se volvió pequeño frente a esas personas que podrían decidir si se quedaba como parte de la familia, o lo expulsaban como la alimaña que era. Su sonrisa tímida hizo que Lorena se acercara y le palmeara la espalda.

—Jovencito —respondió como saludo y una sonrisa risueña apareció en la boca de Lorena.

Héctor gruñó por lo bajo, sabiendo que su esposa era una blanda.

Charly hizo las presentaciones correspondientes, tratando de suavizar los ánimos de su padre, ya que era el que estaba más tenso, y estaba poniendo nervioso a Matthew. Sí, se compadeció de él, quizá por lo que había sucedido el día anterior…

Matthew trató de ser lo más amable posible, trató de agradar a sus suegros, mejor dicho, a los abuelos de su hijo, aunque no le pasó inadvertido el hecho que los padres de Charlotte compartieran miradas, que no pudo interpretar, con las que se decían mucho.

Como era tarde, el suplicio no duró.

—Espero tener una charla de hombre a hombre contigo —le dijo Héctor cuando se estaba despidiendo, apartándose de las miradas curiosas de las mujeres.

Le palmeó la espalda con fuerza y le dio una última mirada reprobatoria.

Matthew asintió. Esperaba algo así, ni por un momento se le cruzó por la cabeza que lo iban a tratar bien. No sabía qué les contó Charlotte, aunque supuso que, por el comportamiento de Lorena, no les dijo todo lo que pasó hacía más de siete meses, de haberlo hecho, Héctor hubiera reaccionado peor.

Lorena y Héctor se fueron antes de que terminara de anochecer y las calles se volvieran peligrosas para la vista deteriorada del conductor poco hábil como lo era Héctor.

Al quedar solos, la tensión disminuyó.

Matt se sacudió, agarró aire y le ofreció las bolsas que Zara le había dado esa mañana.

—Mi madre le ha mandado estos regalos a Jacob —explicó más tranquilo y relajado.

Acercó la silla, así como el día anterior, mientras Charlotte sacaba la ropa y cobijas que Zara había preparado. Extrañada, de una de ellas sacó una nota, aunque rápido la ocultó de la mirada curiosa de Matthew.

—Me encanta —exclamó al ver una mantita afelpada con un lindo elefante bordado en una de las esquinas. Era suave, y preciosa.

—Creo que se puso a comprar en cuanto le dije que tenía un nieto… —Suspiró con sorna—. Ahora, esto se lo he comprado yo. —Le pasó las compras que hizo esa tarde.

Charlotte dejó de lado lo que había mandado su antigua suegra, observó a Matthew con la duda marcada en su rostro. Sus ojos se entornaron justo como Héctor hizo minutos atrás.

Abrió lo que compró y sacó unos bonitos pijamas con decoraciones infantiles. Agarró la bolsa más grande y al abrirla se dio cuenta que esas no eran cosas para el bebé. Dentro estaban un kit completo para el cuidado de la piel, algunas cosas que ocuparía para amamantar a Jacob, como un pijama cómodo, entre otras cosas.

—Quisiera decir que elegí algo de eso, pero le pedí ayuda a la dependiente. Si soy sincero, no sabía qué comprar —reconoció incómodo.

Lo observó por un segundo y luego sus ojos repararon en el obsequio. No era el mejor regalo del mundo, de hecho, no le gustaba el aroma a melocotón de los productos, y había otras cosas que tal vez necesitaba, pero que no era lo que hubiera elegido, sin embargo, su pecho se llenó de una sensación resplandeciente que le hizo sonreír.

—Gracias —susurró con emoción.

Matthew se sintió más tranquilo al mirar su gesto y luego se recordó que tenía algo más.

Se levantó para poder agarrar la pequeña caja que llevaba metida en el bolsillo del pantalón, por suerte, ya no hacían los pantalones chinos tan ajustados a las piernas, de lo contrario, hubiera tenido que meterlo en una de las bolsas y el misterio se hubiese perdido.

Carraspeó y sacó la pequeña caja con el logo de una joyería conocida sobre la cubierta.

—Puede que no haya escogido eso —señaló el regalo—, pero esto sí lo escogí yo.

Abrió la caja y se la entregó. Dentro, un relicario circular de plata con un intricado diseño delicado que le hacía parecer un copo de nieve reposaba sobre el terciopelo negro que recubría el interior de la caja.

Charlotte admiró la joya y tuvo que pestañear más veces de las necesarias para verificar que aquello no era un sueño. Le pareció tan bonito, que no podía creer que Matthew lo hubiese elegido.

—¡Es precioso! —exclamó en un hilo de voz.

—Espera… —Lo sacó de la caja y con cuidado lo abrió para que pudiera mirar las fotos que colocó en el relicario.

Estuvo parte de la tarde batallando para poner las imágenes, pero no quería llevarlo sin nada. Y casi lo descubre su jefe, sin embargo, eludió el trabajo por unos minutos.

Al abrirlo, se quedó con la boca abierta al ver las fotos que estaban dentro. Una la tomó ella el día anterior. Era una foto donde Matthew estaba sosteniendo a Jacob con cariño, mirándolo embelesado. La otra, fue la que más la sorprendió…

Sintió como si todos los sentimientos que tenía por él, los cuales había encerrado en una caja fuerte, se filtraran en su alma y revivió cada uno de los buenos momentos que pasaron juntos.

Pensó en el día que se tomaron esa fotografía. Era un día horrible, había estado lloviendo a mares. En las calles no había ni un alma. Era tarde, el cielo plomizo no dejaba precisar qué tan tarde estaba. Habían ido a un restaurante elegante, al salir, se dieron cuenta que estaba lloviendo con fuerza, incluso los truenos retumbaban en la tierra. A los dos se les olvidó el paraguas. Se quedaron en la acera del restaurante, contra la pared, con la esperanza de no mojarse.

—¿Y si corremos? —propuso Matthew con una sonrisa pueril, mientras se giraba para mirarla. Sus ojos azules brillaron cuando un rayo iluminó el cielo.

Charlotte se quedó atontada al observar esos bonitos ojos cerúleos que tanto le fascinaban. Negó con la cabeza en respuesta y se rio por lo bajo ante la ocurrencia de Matthew.

—¡Estás loco, no me quiero mojar!

Sin que lo esperase, la agarró de la mano y la jaló para que corriera al lado suyo. Prácticamente la arrastraba mientras andaban bajo la lluvia hasta donde había dejado el auto. Estaban a unos metros, pero el agua les caló por completo.

Matthew reía mientras trataba de sacar las llaves del auto. El cabello oscuro le escurrían y le cubría parte de los ojos.

—¡Está helado! —tiritó Charlotte, recriminándole por esa acción tan impulsiva.

Sacó el mando del cheque central del auto y le quitó la llave, para después abrazarla desde atrás, con cariño.

—¿Y ahora? —cuestionó con tono jocoso.

Charlotte giró la cabeza y lo miró. Su masculino rostro hizo que su enojo se diluyera y que el hecho de estar mojada se pareciera a estar en una película romántica, aunque el frío y el agua mojándole la ropa interior no fueran parte de las escenas hollywoodenses.

Imitó su gesto. Matthew se inclinó y la besó con tranquilidad, saboreando esos dulces labios voluptuosos y sensuales que le provocaban una y mil cosas.

Se separaron cuando un trueno hizo que Charlotte brincara por la sorpresa del fuerte sonido. Se rieron al ver lo mojados que estaban.

—Así no son las películas románticas —se quejó risueña. Extendió una mano y las gotas cayeron en su palma.

—Yo no diría eso. Estás hermosa —aseguró Matthew con la mirada perdida en el gesto dulce que hizo con la mano.

Callado, se acercó y la besó una vez más, con menos delicadeza y más hambre, con el deseo adueñándose de su cuerpo. Sin que ella se diera cuenta, sacó el móvil y lo enfocó para que los captara a ambos. Tomó una fotografía y el flash hizo que Charlotte se separara.

—Vas a arruinar el móvil —dijo y le codeó el costado.

—No me importa, hermosa. —Agarró su barbilla y aprovechó para tomar otra fotografía que salió justo antes de que sus bocas se unieran una vez más.

Guardó el celular, abrió la puerta trasera del vehículo y, sin despegarse, entraron a la camioneta, dejándose llevar por el calor que sus cuerpos sentían. No tardaron en volverse un amasijo de piernas y brazos, hasta que sus cuerpos se compenetraron en movimientos cadenciosos que los llevaron al más puro de los éxtasis.

23

SACUDIÓ LA CABEZA ALEJANDO EL RECUERDO DE SU MENTE. No podía lidiar con los sentimientos que surgían en ella cada vez que rememoraba esos momentos en los que fue tan feliz junto a Matt, en especial con la representación de su hombre ideal enfrente.

Se obligó a escuchar esas palabras hirientes que usó para evadir su responsabilidad como padre, pero…

«Está aquí» —le hizo notar su subconsciente, como si tratara de decirle que, pese a lo dicho, él no volvió a poner en duda su paternidad, al contrario, estaba comprometido, estaba con ella, volvía a ser ese Matthew del que se enamoró tiempo atrás, el mismo que le tomó la fotografía bajo la lluvia.

Tragó saliva con dificultad y su mirada recayó en la imagen de ellos dos, enamorados, bajo la lluvia torrencial que los empapó. Su cabello caía sobre su rostro, y el de Matthew cubría parte de su frente. Sus ojos azules brillaban al observarla de esa manera, entre la lujuria y la adoración. En cambio, su rostro era una mueca donde se entreveía la fascinación que sintió por ese hombre al que no le importó mojarse y arruinar el móvil con tal de retratar ese momento que le pareció mágico e irrepetible.

Quizá fueron unos tontos e infantiles, al final, después de hacer el amor dentro de la camioneta y, horas después en el departamento de Matthew, ambos se enfermaron y terminaron en cama unos días.

Inhaló profundo y lo miró.

—¿Te lo pongo? —preguntó Matt con ilusión, sacudiendo el collar.

La sonrisa de Charlotte no llegó hasta la comisura de sus ojos, sin embargo, aceptó con un asentimiento de cabeza.

Matt se acercó. Charlotte agachó la cabeza y recogió su cabello a fin de que le costara menos poner el relicario.

Con cuidado y las manos algo temblorosas, le puso el medallón. Al estar cerca, sintió el perfume que emanaba su piel, ese olor tan exquisito entre las mezclas de los productos para el cabello que usaba, y su olor corporal. Era un aroma dulce que siempre lo cautivó.

Por otro lado, Charly sintió sus dedos moverse en el cuello. Un cosquilleó nació en su centro, pidiendo algo más… Siempre le gustó la forma en que la tocaba, la manera en que las yemas de sus dedos apenas rozaban su piel para tentarla y hacerla enloquecer.

Ambos se separaron temiendo hacer algo inapropiado, algo que podría repercutir en la forma «amigable» en la que se estaban tratando.

Charlotte pestañeó, apartando esas sensaciones que despertaron en su cuerpo con el empuje de la añoranza. Un pensamiento pululó en su cabeza, repitiéndose una vez tras otra.

—Matthew —lo llamó con la mirada pegada en sus manos delgadas. El esmalte claro que siempre usaba casi había desaparecido del todo, dejando solo algunas manchas—, ¿por qué lo hiciste? —cuestionó sacando esa duda de su alma, esa que siempre le hizo sentir poca cosa, intimidada por las palabras con las que insultó su pureza como mujer.

Se relamió los labios y sintió que la garganta se le cerraba y los ojos le ardían, pero no había lágrimas, ya no. Alzó la cabeza y lo miró.

Se dejó caer sobre el respaldo de la silla, aturdido por el repentino interés, aunque días atrás rechazó esa explicación. Al mirarla, observó su vulnerabilidad, esa mirada miel con el brillo melancólico que hizo que su corazón se estrujara y le doliera hasta la médula.

Respiró hondo y se sentó en la cama, cerca de ella. Tomó sus manos con cariño y le acarició con los pulgares.

—Charly… —inhaló profundo tomando un segundo—. Ese día fui un estúpido, quizá no hay manera de justificar mis acciones, de resarcir lo dicho. Me duele haberte hecho daño, me duele tanto que, si dependiera de mí, borraría todo lo que dije. No te merecías mi desprecio, no merecías nada de lo que dije o hice —realizó una pausa, alargó el cuello y miró el encielado de la habitación.

Charlotte lo miraba sin poder pestañar, sin poder modificar ese gesto apesadumbrado que hundió sus facciones y le hizo ver como una muñeca rota.

—Ese día —prosiguió Matthew—, estuve muy estresado. Una de las más grandes cuentas de inversión estaba amenazando con irse con otra casa corredora, todos estaban nerviosos por la posibilidad de perder sus empleos. —Cerró los ojos y bajó la cabeza. Al abrir los párpados se encontró con ese bello color avellana que relucía a causa de las lágrimas que se estaban agolpando en la cuenca—. Dentro de todos los que trabajamos, había algunos que estaban más preocupados que otros, esos que tienen familia, responsabilidades, que no pueden perder sus empleos porque eso significa mucho más… —Negó con la cabeza, sin estar consciente del movimiento—. Cuando llamaste, me sentí aliviado de poder hablar contigo, de estar a tu lado, me emocioné al escuchar tu voz. No voy a mentir, quería que ese día te quedaras conmigo y olvidar aquello que tanta presión ponía sobre mis hombros. —Bufó enojado consigo mismo al recordar lo estúpido que fue—. Tenía la responsabilidad de hacer que todos los que estaban a mi cargo se quedaran dentro de la empresa, que no hubiera ninguna baja, que la cuenta siguiera en la firma.

Charlotte trató de comprender hacia dónde iba. Parpadeó y una lágrima pequeña salió de su ojo derecho, misma que se disolvió en su piel. El recuerdo de sus palabras estaba muy presente para no sentirse vulnerable.

—Al llegar, te vi nerviosa y eso solo me hizo sentir… raro. Tuve un mal presentimiento en cuanto me senté frente a ti. Tus preciosos ojos… Tenías las pupilas dilatadas y el miedo se colaba por tu rostro, incluso cuando trataste de sonreír. Sé que intentaste allanar mi mente para la sorpresa que tenías para mí, pero… Creo que no sirvió, me distraje en los problemas del trabajo, hasta que dijiste que estabas embarazada.

Matthew la soltó y pasó sus manos por la cabeza, despeinando su cabello engominado.

—Por un segundo, me sentí feliz, quería levantarme y abrazarte, hasta que mi cerebro me bombardeó con mil ideas, cada una más pesimista. El miedo creció en mi pecho, un miedo irracional que se entremezcló con el estrés del trabajo. Temí no poder proveer de todo lo necesario para ser el sostén de una familia, con un pequeño en camino. Pensé en todas las cosas que se necesitan para criar a un bebé. Te vi… —se le atragantaron la palabras— …te vi siendo infeliz a mi lado por no poder ser suficiente, por no poderte dar todo —su voz se tabaleó y tubo que agarrar aire para seguir—. Por alguna razón cobarde, mi boca habló antes que pudiese pensar bien lo que diría y escuchar a esa parte de mi cerebro que se alegró, en lugar de esa otra que, con preocupación, me hizo herirte a fin de que te alejaras. No —negó con la cabeza—, nada de lo que dije es cierto. Nunca he estado con otra mujer desde que te conozco. Tampoco pensé que nuestra relación no significaba nada, para mí, eres una de las mujeres más importantes del mundo, y ahora más. Tampoco necesito hacerle ninguna prueba de paternidad a Jacob para saber que es mío. Nuestro —se corrigió y tomó sus manos.

Charlotte parecía estar fuera de su cuerpo, sus facciones estaban relajadas, pero en sus ojos se mostraba toda esa tristeza que contuvo en el embarazo.

—No me estoy justificando. Fui un cobarde, un tonto. Esperar tanto tiempo para pedir disculpas tampoco ayuda a mi causa —su voz se elevó y sintió la adrenalina correr por sus venas, esperando que creyese lo que estaba explicando, quería convencerla de sus buenas intenciones—. Me arrepentí en el mismo momento en que hablé. La forma en la que me miraste… se quedó guardada en mi memoria y me tortura por ser una mala persona. Varias veces levanté el teléfono para llamarte y hablar, disculparme, varias veces me acerqué a tu trabajo para verte, para sacar la verdad de mi alma. Yo… Te amo, Charly, de verdad te amo, amo a nuestro hijo, no quiero perderlo, ni tampoco a ti, pero no sé si esto es suficiente para que me perdones, no sé si merezca tu amor, no sé si merezco que Jacob me llame «papá». —Su voz fue bajando hasta quedar en un susurro—. Solo… —acercó las manos de ella a su boca y las besó con cariño—, perdóname, mi amor, por favor.

24

CHARLOTTE SE QUEDÓ QUIETA, las palabras de Matthew giraban en su cabeza. Quería creerle, entenderlo, y más que todo, quería disculparlo. Lo cierto es que estar cerca de él le ayudaba a sentirse menos sola. Las mariposas seguían revoloteando en su interior cada que estaban cerca, sin embargo, a veces eso no es suficiente.

—Charly —la llamó Matthew y alzó la cabeza—, no tienes que decidir ahora, no tienes que pensar en lo que he dicho, solo espero que algún día me perdones. Quiero mostrarte lo importante que eres para mí, y que amo a Jacob. Lo demás… —Se encogió de hombros—. No te preocupes, ¿sí? —Se acercó y la besó en la frente, un beso dulce y tierno que hizo que las mariposas dentro de ella revolotearan con locura.

Cerró los ojos al sentir sus labios, disfrutando de ese breve instante.

—Nos vemos mañana, preciosa. Ojalá pueda estar más temprano para poder ver a Jacob —se despidió con una sonrisa relajada en el rostro.

No pudo decirle que se quedara, ni siquiera pudo desearle que pasara una buena noche, solo dejó que se fuera.

Matthew salió del hospital con el alma más ligera, aunque no lo suficiente para estar del todo tranquilo.

«No importa» —Se dijo y sonrió con más fuerza.

Al menos estaba seguro de que sus palabras llegaron al corazón de Charlotte, ya no dependía de él que ella lo perdonase, solo tenía que seguir amándola, a ella y a Jacob.

* * *

EL DÍA SIGUIENTE, cuando llevaron a Jacob al cuarto de Charlotte, el doctor llegó y les informó que, por la tarde, les darían el alta para que se fueran a casa.

Lorena frunció el entrecejo y su hija abrió la boca para replicar, para pedir alguna explicación del porqué estaban dando el alta del bebé si todavía estaba enfermo.

—Aquí no podemos hacer mucho. Es necesario operarlo, pero —negó con la cabeza—, no se puede hacer en el país. Sin embargo, me he dado el trabajo de contactar con la asociación del hospital que los puede ayudar para los trámites de la operación, el hospedaje y demás.

De uno de los bolsillos de la bata blanca, sacó un papel con el contacto de la asociación que ayudaría a gestionar la operación de Jacob, y se lo entregó a Lorena. Si se ponían en contacto con la asociación podrían agilizar la tramitación para que lo operasen en cuanto llegaran.

Ambas mujeres se quedaron en shock al saber la noticia. No daban crédito de que, pese a que Jacob no lograba oxigenar bien, les estuviesen dando el alta.

—¿Crees que sea buena idea sacarlo del hospital? —preguntó Charlotte a su madre al quedarse solas.

Lorena pestañeó saliendo de su estupor, se giró para ver a su *nena* y asintió.

—Mira, cariño, sé que parece extraño; quizás los doctores han visto a bien el cambio en Jacob y por ello piensan que estará mejor rodeado de nuestros cuidados —la convenció con una sonrisa cándida, pese a que, en su interior, supo cuál era la verdad…

Los doctores no querían retener a su nieto porque sabían que no podían hacer nada por él. Sin operación, tarde o temprano, la vida de Jacob se terminaría, el hospital no podía hacer nada más que darle cuidados paliativos.

Sonrió a su hija y miró a su nieto que, dormido, descansaba en los brazos de su madre, acomodado con tranquilidad. Casi parecía un niño «normal», si se obviaba el color de su piel, esas transparencias…, la forma en cómo se marcaban sus huesos, o su respiración tan taimada.

Se obligó a mantener la sonrisa para no asustar a su hija, de todas maneras, qué más podía hacer…

25

POR LA TARDE, Matthew llegó al hospital. Se estacionó y antes de salir, se quitó la corbata, soltó dos botones de la camisa y la arremangó.

Tuvo un día bastante difícil. Para complacer a su jefe y no perder más horas de trabajo, presentó una propuesta en donde llegaría más temprano a trabajar para cumplir con las ocho horas diarias laborales. Richard Collins, su jefe, aceptó cuando escuchó la historia de su empleado, aunque no lo hizo de buena gana.

Matthew era un excelente trabajador, sabía cómo se movían las cosas en la firma, y cómo resolver problemas, lo había visto luchar cuando la empresa casi se queda en la ruina por un trato que amenazaba con disolverse, sin embargo, que fuera bueno no lo hacía indispensable, por eso dudó acerca de si era inteligente dejarle hacer con su horario lo que quisiera o no.

Collins era un hombre práctico, no tenía hijos, ni esposa, incluso con sus casi cincuenta años. Tampoco se movía por simples sentimentalismos, así que, le costó darle permiso, dejar que se fuera temprano para ver a Jacob. Le pareció extraño no saber que estaba esperando a su hijo, pero no le dio mayor importancia, al final, sus empleados no tenían porqué rendirle explicaciones de sus vidas privadas.

Así pues, Matt podía llegar más temprano al trabajo, al menos por un tiempo.

Caminó directo al cuarto de Charlotte. Esperaba estar a tiempo para ver a su hijo antes de que lo devolvieran a los cuneros, como el día anterior.

Extrañó ver la preciosa cara de su angelito, quería volver a tenerlo cerca, sentir que su corazón aún latía pese a las dificultades.

Dobló hacia el pasillo que conducía a la habitación de Charly y antes de llegar escuchó la voz de Lorena.

—Dice tu padre que puede venir dentro de una hora, todavía tiene que cerrar la ferretería —indicó su «suegra» con cierto aire preocupado.

Matthew se acercó a la puerta y llamó antes de entrar. Tragó saliva al ver a ambas mujeres con las maletas puestas sobre la cama de Charly. Se le frunció el entrecejo. Lorena tenía el móvil contra la oreja y hablaba efusivamente con alguien, aunque desde la entrada no logró descifrar si hablaba con su «suegro» o con otra persona.

—Sí, lo entiendo. Nosotras tampoco nos lo imaginábamos y hasta ahora logré contactar con tu padre —hizo una pausa. Fue evidente que no hablaba con Héctor—. Ya sabes cómo es... Se le descarga el teléfono y ni cuenta se da —canturreó caminando de un lado para otro.

Charlotte reparó en la presencia de Matthew, pero le estaba dando de amamantar a un adormitado Jacob, así que solo le hizo una seña para que se acercara.

—¿Qué pasó? —preguntó por lo bajo, acariciando la cabeza de Jacob.

Charlotte alzó los ojos y conectó con los cerúleos que la miraban con atención.

—Nos han dado el alta hoy mismo y mi padre no puede venir en este momento. Y, por lo visto, tampoco mi hermano

—respondió desviando la cara para mirar a su madre, quien no paraba de caminar de un lado a otro como león enjaulado.

Matthew siguió la mirada de Charly y parpadeó.

—Y si las llevo yo —propuso sin pensarlo, aunque dentro de él, algo se encendió y una sonrisa pueril afloró en sus labios. Volvió a mirarla y sonrió más grande.

Charlotte se quedó pensativa un rato. El corazón le palpitó al tenerlo más cerca y estar de nuevo con la imagen mental de «la familia feliz». Se mordió el labio y asintió, sabiendo que era lo mejor para todos.

—Mamá —llamó a Lorena, quien giró en el momento que la oyó—, dile a Daniel que no se preocupe, Matthew nos puede llevar a casa.

Sintió las mariposas revolotear en su pecho cuando dijo su nombre, ese nombre que tanto le gustaba pronunciar hacía unos meses, cuando todavía estaban juntos y no importaba que la lluvia los empapase.

—Espera, espera —dijo Lorena a Daniel que seguía tratando de resolver el conflicto. Sus ojos se fueron al que se suponía era su yerno—. ¿En serio nos puedes llevar? —inquirió más relajada.

Matt asintió sin quitar la sonrisa de su rostro.

—Será un placer, señora —reconoció.

—Perfecto, gracias, querido —correspondió Lorena con una sonrisa relajada en su rostro y volvió a la llamada. Le informó a su hijo del cambio de planes y luego llamó a Héctor para tranquilizarlo y así también se tomara su tiempo para cerrar el negocio, un negocio que tenía desde que sus hijos eran pequeños.

Matthew se dio cuenta de lo extraña que era esa resolución por parte de los médicos. Regresó la mirada a Charlotte.

—¿Por qué les han dado el alta de manera repentina? —cuestionó.

Lorena bufó y se sentó junto a su hija. Los ojos de ambos repararon en tal acción y sus cejas se alzaron, interrogantes.

—Bien, no quería decirlo por no hacerlos sentir mal, pero bueno, será mejor que tengamos en cuenta todo —comenzó con su explicación Lorena, algo fastidiada y enojada. Se hizo amiga de algunas enfermeras en esos días, y así fue como dio con la verdadera razón de todo lo que pasó. Hija y «yerno» se quedaron a la espera, sin apenas moverse—. Marta, la enfermera de Jacob, me dijo que tenía que ver con el Seguro y que los doctores se dieron cuenta que no podían hacer nada, así que el Seguro «aconsejó» —remarcó la palabra con inquina—, que podrían mandarlos a casa, si no fuera por el pediatra de Jacob ni siquiera tendríamos el contacto de la asociación del hospital para operarlo. —Sus ojos se achicaron y la boca se le frunció.

Estaba molesta. Al Seguro lo único que le importaba era pagar menos por la estadía de Charlotte en el hospital, y los doctores se quitaron la responsabilidad, claro, se les hizo muy fácil hacerlo, al final, «no podían hacer nada más» por su nieto.

«¡Vaya tontería!» —pensó Lorena con amargura, sabiendo lo que eso significaba para ellos.

—Mamá, no te enojes. Nosotros podemos cuidar de Jacob como lo hacen aquí, no hay razón para creer que algo va a cambiar. Y, cuanto antes, haremos el contacto con la organización, así ver cuando podemos viajar para que operen a Jacob —trató de tranquilizarla. Puso una mano sobre las de su madre y la estrujó con un poco de presión.

Jacob se había dormido y estaba relajado en los brazos de su madre. Lorena lo miró con atención y sonrió.

No iba a ser lo mismo sin los aparatos que le hacían respirar mejor, pero quizás así podía terminar de hacer los trámites para que lo operasen cuanto antes. El tiempo corría para ellos.

Sin más por decir, porque nadie encontró las palabras para seguir con la charla y prefirieron hablar sobre lo precioso que se miraba Jacob con esa *body* que Zara mandó para su nieto.

Lorena le agradeció a Matthew por el detalle de su madre, y después se fue a llamar a la enfermera para que les llevaran una silla de ruedas y así sacar a Charlotte del hospital.

Cubrieron a Jacob con una manta suave, también regalo de Zara. Matt lo tomó en brazos mientras ambas mujeres desaparecían dentro del baño para que Charly se cambiara, tenía que quitarse la bata y ponerse algo diferente.

La enfermera llegó, dejó la silla de ruedas y miró al pequeño angelito que seguía dormido en los brazos de su padre que, aunque estaba rígido, lo cargaba con devoción.

Le dio a Matthew los papeles del alta, y todos los exámenes que le habían hecho, así como otros papeles con las indicaciones que tanto su hijo como Charlotte tenían que seguir.

Cuando salieron del baño, Charlotte parecía otra, se miraba más relajada con ese chándal gris a su medida y la camisa blanca sencilla, con el cabello rubio recogido. Aún le dolía la herida de la cesárea, pero tenía tan en mente que lo primero era su angelito, que ya casi no sentía el dolor en su cuerpo.

A Matthew le pareció la mujer más hermosa del planeta y se quedó como tonto, observándola. Estaba preciosa…

Sin decir mayor cosa, Lorena la ayudó a sentarse en la silla de ruedas, y Matt le colocó a Jacob en los brazos para que se sintieran más cómodos al llevarlo de esa manera. Agarró las maletas y los papeles, e iba a llevar la silla de ruedas, pero Lorena se hizo cargo.

Al llegar al estacionamiento, Matthew fue hacia el automóvil, guardó las maletas y lo acercó a la entrada. Ayudó a Charlotte a entrar en la parte trasera mientras Lorena sostenía a Jacob.

—De haber sabido sobre el alta, me hubiera traído un portabebés —murmuró Matthew por lo bajo y Lorena rio por la forma en la que él mismo se reprendió por algo que nadie sabía.

Le dejó al pequeño en los brazos a Charly y le palmeó la espalda a su «yerno».

«¿O mejor solo pienso en él como el padre de Jacob?» —se preguntó Lorena, confundida, pero luego observó la mirada de esos dos y negó para sí.

Quizá no era buena idea, después de todo, saber qué es lo que había pasado entre ellos para que hubieran estado tanto tiempo alejados. Sin embargo, no le pasó desapercibido el hecho de que sus ojos trasmitían mucho más de lo que se decían. Era evidente, para ella y para otros, que había algo allí. Además, no sabía por qué, pero le gustaba Matthew, era un joven atractivo, respetuoso y se notaba que quería a su *nena* y a su nieto, aunque no estaba segura si la pareja podría seguir después de lo sucedido.

«El destino lo dirá» —se dijo para calmar su mente y se subió al lado de su hija.

26

AL LLEGAR A CASA, Matthew se estacionó lo más cerca de la entrada que pudo, y luego se fue a abrir la puerta trasera. Lorena descendió sin problemas y sostuvo a Jacob en brazos para que él ayudara a *nena* a descender de la camioneta.

Charlotte se agarró de Matthew cuando al poner el primer pie en el andén sintió una punzada de dolor que le recorrió desde el vientre bajo. Resopló y apretó las manos con fuerza, arrugando la ropa de Matthew. Sin esperar por su autorización, él la tomó de la cintura y con cuidado, hizo que el esfuerzo fuese menor.

Lorena sonrió… Sí, ahí había algo entre esos dos.

Callados, entraron a la casa. Lorena se encargó del pequeño, quien fue llevado al moisés que tenían en la sala, preparado para cuando Jacob saliera del hospital, aunque no tenían ni idea que fuera de esa manera…, tan brusca.

El angelito seguía dormido, su pecho se movía con pausas… Charlotte se acercó a mirarlo y se quedó un rato así, mientras que Matthew y Lorena llevaron las maletas a su habitación.

Matt tuvo que morderse la lengua para evitar decir que fueran a su casa, que ahí estaría cómoda. Antes de decirlo, se dio cuenta que era una tontería, no solo porque su departamento no tenía espacio para las cosas de Charlotte, sino también porque estaría más tranquila con Lorena cerca, con alguien que la ayudase a cuidar a Jacob.

Se pasó las manos por el cabello un tanto abrumado.

—¿Has hablado con tu tío? —le preguntó Charlotte, recordando que querían saber qué decía Max, querían tener esa segunda opinión.

—No, aún no, quería estar contigo para hacerlo —respondió acercándose a ella.

—Traeré té. ¿Quieres algo, querido? —preguntó Lorena con tranquilidad, más cómoda por estar en su casa. Tal vez no era la casa más lujosa, pero no hay nada como lo que es de uno. Además, estaba harta de ese hospital que olía mucho a cloro y a medicinas.

—El té estará perfecto, muchas gracias, señora Andrews —respondió con una media sonrisa que denotaba su nerviosismo e intranquilidad.

—¿Le hablas ahora? —consultó Charlotte sin prestar atención a su madre.

Se mordió los labios. No podía quitarse esa extraña sensación de su pecho que le estrujaba el alma. No le gustaba estar fuera de esas paredes blancas y asépticas, mucho menos ver que Jacob solo pasaba dormido, o cuando estaba despierto parecía estar mareado con las pupilas desenfocadas.

—¿Segura? —quiso saber Matthew, percibiendo esa aura pesada y lúgubre que la rodeó.

Asintió a su pregunta.

Suspiró profundo, temía que esa llamada confirmara del todo el diagnóstico, que les dijeran que tenía que recurrir a esa difícil operación, de la que ni siquiera estaban seguros de que Jacob pudiera llegar. El cambio de presión atmosférica… El doctor se lo advirtió a Charly, y también se lo dijo Max cuando medio le trató de explicar qué era la enfermedad.

Se sacudió el cabello con la mano y sacó el móvil del bolsillo derecho del pantalón, buscó entre los contactos y llamó.

Max respondió al segundo tono.

—¿Cómo estás, Max? —preguntó Matthew en cuanto escuchó la voz grave de su tío, una voz muy parecida a la de su padre.

—Pues ahí, como siempre, de un lado a otro —respondió esquivo—. Asumo que me llamas para saber si le he enseñado los exámenes a mi colega, ¿verdad?

—Justamente…

—¿Estás sentado? —quiso saber Max y, aunque Matthew no lo escuchó, tragó saliva con dificultad y él también buscó un lugar donde tomar asiento.

Max estaba acostumbrado a dar diagnósticos, a dejar la compasión para otro momento en el que no tuviera que explicarle a un paciente su enfermedad. ¿Cómo sería para los pacientes escuchar a su doctor con la voz temblorosa mientras les decían que tenían alguna enfermedad incurable? Sería peor.

Sorbió su nariz antes de hablar, esperando que Matthew estuviera preparado para aquello. ¡Por Dios, era su sobrino al que le tenía que comentar el descubrimiento que hizo su colega!

Matthew se sentó y le hizo una señal a Charlotte para que lo hiciera, en eso entró Lorena a la sala y se sentó al observarlos tan tensos.

Puso el móvil en voz alta.

—Bien, ¿dime a qué conclusión han llegado? —preguntó sin tapujos, tratando que no se notara su miedo, más por Charlotte que por otra cosa.

Max bajó la cabeza y tomó aire.

—Le he mostrado las pruebas a mi colega, ella revisó todo más de una vez y… Lo siento mucho, pero no creemos que deban operarlo, no hay nada por hacer… No va a aguantar el viaje… Es mucha presión para su corazón, e incluso si soportara el viaje, no hay garantías que la cirugía vaya a servir. El corazón no soportará cuando recoloquen las válvulas. Lo siento, Matthew

—explicó lo mejor que pudo, aunque el nudo en la garganta le hizo parecer muy frío y no escuchar respuesta del otro lado lo alteró más.

En la sala, mientras Jacob dormía. Matthew, Lorena y Charlotte se quedaron crudos al escuchar lo que Max les había dicho. No solo confirmaba el diagnóstico, sino que también agregaba que la operación era inútil…

Todas las palabras de Max taladraron su psique, Charlotte sintió que un puñal se clavaba en sus entrañas, que la última gota de esperanza que aún le quedaba dentro del cuerpo se diluía y todo a su alrededor giraba y giraba. El aire comenzó a faltarle, se le hizo pesado respirar, su tórax no lograba expandirse y todo se le atoró en la garganta, hasta que un grito bajo resonó en todo su sistema y no pudo más. Lloró, lloró sin importar nada, sin pensar en nada más que en lo que acababa de oír. Su alma se resquebrajó y tuvo ganas de berrear con fuerza.

Tanto Matthew como Lorena despertaron al escucharla llorar, al ver cómo su cuerpo temblaba y se cubría la cara con las manos, desolada.

Matt tomó el móvil y alcanzó a despedirse de Max antes de colgar.

Saber la noticia fue malo, pero empeoró al ver a Charlotte, su dolor no fue solo suyo, fue el de ella. Sus ojos se humedecieron al mirarla de aquella manera.

—No, no, no —comenzó ella a repetir, desesperada, se levantó de repente, perdida, mirando a todos lados sin saber qué hacer, sin saber dónde meter todas esas emociones que la acogieron y reprimieron su ser—. No, por favor, no —lloriqueó elevando un poco la voz.

Se agarró de los brazos y se arañó con las uñas, sin siquiera prestar atención a lo que estaba haciendo.

Matthew no lo pudo soportar más, se levantó, se acercó a ella y la abrazó con fuerza, inmovilizando sus brazos para que no se siguiera haciendo daño.

—Dime que no es verdad —sondeó con la voz teñida por el dolor, agonizando, con los ojos acuosos, la piel helada y la mente fija en escuchar lo que su alma necesitaba para volver a sentir—. No mi bebé, por favor, mi bebé no —repitió tratándose de zafar de ese abrazo que la limitaba.

Lorena no podía levantarse, solo se cubrió la boca para controlarse y no llorar, no tenía ni fuerza para consolar a su hija. El cuerpo se le entumeció desde que escuchó a Max.

—Tranquila, Charly —habló Matthew con cariño. Quería llorar y pegarle a algo, pero también quería ser el apoyo que ella necesitaba, no podía dejarla así…

Pensó el Jacob y lo miró. Estaba tranquilo, en la cuna, sin apenas moverse.

—No puedo —escuchó que decía Charlotte—. No puedo, Matt, no lo soporto. Mi niño, no —lloró con más fuerza y el aire le comenzó a faltar.

El mundo se oscureció para Charlotte, su alrededor dio vueltas y su cuerpo se puso flácido.

Matthew logró agarrarla antes de que cayera en el suelo.

—¡Dios! —gritó Lorena al mirar a hija desmayarse, levantándose del asiento y acercándose a su «yerno» para ayudarlo a llevar a su *nena* al cuarto para que la acostase.

La dejaron en la cama, levantaron sus piernas y Lorena fue por un poco de algodón con alcohol, sin apenas lograr pensar.

Las emociones bailaban por su mente, no lograba procesar las ideas, y mucho menos los sentimientos.

La noticia les había pegado en la cara como un puñetazo inesperado que hace que todo el mundo se ralentice y gire en una espiral interminable, donde hay una cacofonía mental que resuena con mil preguntas gritadas a las que no se les puede dar respuesta por ser incomprensibles.

Las lágrimas rodaron por los ojos color miel de Lorena, el mismo color de los de su hija. Apenas y podía mirar a dónde iba. Le moqueaba la nariz y su mente era un amasijo de sentimientos y sensaciones que pugnaban con salir al mismo tiempo.

Regresó al cuarto de Charly con lo necesario y Matthew tomó el control al mirar cómo temblaba y estaba casi tan nerviosa como Charlotte minutos atrás.

—Charly —la llamó al pasar el algodón con alcohol cerca de su nariz.

Ella se agitó y de a poco fue despertando, atontada y sin recordar del todo lo que sucedió, aunque, no pasaron muchos segundos para que su cerebro recordase todo. Sus ojos se volvieron a humedecer y la boca le tembló, su rostro se desfiguró y se tapó la cara.

—Calma, mi amor —la consoló Matthew, acercándose más a ella y abrazándola—. Puede que la amiga de Max se haya equivocado, puede que no haya visto algo porque solo vio los archivos en digital, y eso no es lo mismo —trató de sonar razonable, aunque lo cierto es que no sabía si eso podía ser real, no tenía idea de nada de lo que estaba diciendo, solo quería ayudarla, estar para ella, como se lo prometió.

Siguió reconfortándola, hablando como si la mala noticia no lo hubiera afectado, tratando de sonar coherente y sensato. Incluso Lorena se le unió luego que la primera impresión pasó, aunque luego se dio cuenta que Jacob estaba solo y corrió para verificar si seguía dormido.

El pequeño apenas y se había movido. Una sonrisa melancólica se extendió por los labios de Lorena y deseó poder darle su corazón a su nieto, darle vida, al menos unos días, meses o años más. Quería verlo crecer, ser un niño de bien, hacer feliz a sus padres, pelear con ellos, fruncir el entrecejo cada vez que lo regañasen. Quería seguir observando esos ojos azules como el cielo por el resto de su vida… Quería que viviera, y lo deseó con toda su alma.

27

ESE DÍA, cuando llegó Héctor y luego Daniel, Lorena les comentó lo que había sucedido y, cómo Charlotte se había quedado dormida en los brazos de Matthew. Nadie quiso decirles nada, ya tendrían tiempo para pensar qué hacer, para volver a su relación distante y cordial, por esa noche, los dejaron ser, los dejaron abrazarse y darse calor.

Jacob durmió en su moisés después de que su madre le diera de comer. Los tres se quedaron en la habitación y cuando Lorena les ofreció algo de comer, tanto Charlotte como Matthew declinaron con amabilidad.

Ella tenía los ojos rojos, cristalinos e hinchados. Todo su rostro se miraba más pálido que nunca y su cuerpo tenía esa apariencia frágil que hizo que los ojos de Lorena la repasaran con pesar. Durante ese día, Matt no se quiso separar de ella, apenas se movió, aceptando que su lugar estaba a su lado, dándole fuerza. Él también sintió que la vida se le iba de las manos, pero se dio cuenta que estaría más perdido sin ella, sin poder sujetarla y mantenerla cerca de su corazón.

Charly y Jacob eran lo único que en ese momento tenían sentido, y por ellos, haría lo que fuera.

* * *

AL DÍA SIGUIENTE, Matthew se levantó temprano, tenía que trabajar, no podía perder su empleo, tenía que seguir de pie por ellos.

Resopló antes de levantarla, debía decirle que se iba.

—¡Charly! —La llamó con suavidad. No se movió ni un poco—. ¡Charly! —probó alzando la voz un poco. Esa vez, ella agitó los párpados—. ¡Charly!

Sus adormilados ojos se abrieron y se le quedó mirando sin entender nada. Los recuerdos del día anterior llegaron a ella y, pesarosa, se sentó en la cama.

—Oye, me tengo que ir al trabajo, te he despertado porque no quería marcharme sin decirte adiós —explicó mirando sus ojos del color de la miel—. Voy a salir temprano, y estaré en contacto. Me puedes marcar al teléfono a cualquier hora, ¿bien? —le hizo saber con un tono de voz dulce y suave. Ella asintió—. Además, estaba pensando en que hay que hablar hoy mismo a la fundación. No te preocupes, lo haré cuando pueda, tú solo cuídate y a Jacob.

Se le quedó viendo para ver si lo entendía y ella asintió de nuevo. Se acercó, puso las manos sobre sus mejillas y le dio un beso casto en la frente.

—Verás como todo sale bien… —afirmó con esperanza, no solo porque ella lo necesitaba escuchar, sino también porque lo quería creer.

* * *

ESE DÍA, mientras Charlotte se ocupaba de Jacob, de cuidarlo, de mimarlo y de tomarle fotos en cada gesto que hacía el pequeño, Matthew trabajó concentrándose mucho, para luego, después de obtener el número de Lorena, permitirse pequeños recesos en donde se puso en contacto con la fundación que podía ayudarles con el tratamiento. El doctor que vio nacer al pequeño les hizo el favor de comunicarse con la fundación antes que él llamara, así mismo, les mandó la información del caso. En silencio, Matthew le agradeció al médico por su buen gesto, porque con eso los ayudó mucho más de lo que aparentaba.

La mujer que le atendió le dijo que los doctores del hospital estaban revisando el caso, pero que, a priori, dieron el visto bueno para que Jacob fuera llevado al hospital. Escuchar una opinión diferente por parte de los doctores que iban a realizar la cirugía lo hizo sentir más tranquilo, aunque la inquietud siguió rondando su alma.

Le dieron unas indicaciones más y tuvo tiempo de hacer algunas cosas que le pidieron, aunque no estaba seguro del todo.

Al medio día, salió de la oficina y en lugar de comer, se fue a casa de Charlotte. Le llamó de camino y le pidió que tuviera el certificado del hospital del nacimiento de Jacob. Lo inscribiría ese mismo día, no sabía cómo iba a hacer para que le diera tiempo de realizar tanto trámite, pero no quedaba de otra.

—Puedo ir yo, no hay problema —dijo Charlotte, sosteniendo a Jacob.

Él negó, le dio un beso a su hijo y luego salió corriendo directo al registro, con todo lo necesario en manos.

Se tardó un poco menos de lo que imaginó, aun así, no le quedó espacio para comer, estaba famélico cuando llegó a la firma, y su jefe lo esperaba para resolver un problema que surgió por la mañana.

Entró a la junta con su jefe y estuvo enfocándose en resolver el problema de la manera más rápida y eficiente. Richard se admiró al ver cómo Matthew estaba concentrado, incluso en esas circunstancias, en donde su cerebro debía estar hecho un amasijo de pensamientos.

Quizá fuese esa misma razón la que hizo que Matthew hiciera todo aquello sin necesidad de tener mucho espacio para meditar el mejor proceder, quizá fuera porque no quería decepcionar a Charly y Jacob, quizás era porque quería hacer todo lo que no pudo hacer mientras estuvo embarazada, o solo porque sentía que era su deber como padre.

Al salir de la junta, volvió a su puesto y sin que su jefe lo notara, hizo una cita para que el día siguiente sacaran el pasaporte de Jacob y de Charlotte. Recordó que ella lo tenía vencido de una conversación que tuvieron antes de saber sobre el embarazo. En algún momento pensaron en salir del país a vacacionar, hacer lo que una pareja estable hacía en los días libres.

Sopesó sobre esos sueños que ahora los veía tan distantes… Antes, creía que su sueño idílico sería pasar los días junto a Charly, retozando en alguna playa hermosa. Se la había imaginado en una tumbona, feliz, hermosa y rozagante, para luego pasar a la mejor parte… Se imaginó tomándola de mil y un maneras, quería acariciar su piel, rozar cada una de sus terminaciones y besar cada parte de su cuerpo hasta que temblara llena de energía, quería verla explotar con sus manos, con su boca, con su cuerpo, una y otra vez. Quería ver esa sonrisa pueril, la relajada, la juguetona, la adormilada, la feliz… quería ver todas sus sonrisas, sus ojos brillantes y su piel sonrosada. Pensó que eso era lo único que deseaba. Pensó que quería ese tipo de libertad, ese tipo de sensación…

En cambio, ese sueño fue remplazado por otro…

Solo quería ver a Jacob bien…

28

Mientras Matthew trabajaba y trataba de maniobrar con las tareas diarias y los requisitos del hospital, Charlotte estaba cuidando a Jacob, verificando que siguiera respirando con la misma tranquilidad de antes que, pese a sus ojos adormilados, él seguía con ella.

En su interior, le rogó al cielo por su hijo, y en silencio, le pidió a su angelito que nunca la abandonara, que siguiera aferrándose a la vida.

Después del almuerzo, de darle pecho a Jacob y de tener su ropa limpia y organizada, pese a las advertencias de Lorena quien le alegó que tenía que estar más tranquila debido a la operación, se sentó en la cama de su habitación.

Miró el celular y estuvo tentada a llamar a Matthew para saber si había llamado a la fundación, sin embargo, prefirió hacer otra cosa… Se recordó de cierta nota que Zara dejó en sus obsequios la cual todavía no había leído.

Durante todo ese tiempo en la que la tuvo en su poder, trató de no pensar en ella. Tenía cierto temor de lo que podía decir aquella nota. Parecía que Zara estaba feliz con la llegada de su nieto, pero otra cosa muy distinta era con ella… ¿Qué tal si estaba enojada con ella?, ¿o si no le gustaba como «nuera»?

Se detuvo ante esa idea. No era su «nuera», su relación con Matt terminó meses atrás, no tenía por qué temer, no obstante, tuvo que respirar tres veces para darse fuerza y rebuscar entre las cosas de su hijo esa nota que guardó minutos atrás sin siquiera mirar.

Agarró el papel y sin echarle un vistazo, se sentó en la cama, miró el moisés donde estaba Jacob, se encogió de hombros y volvió la mirada hacia el papel.

«Antes que nada, quisiera pedirte perdón por lo que ha hecho Matthew, no lo crié para ser una persona horrible, y solo espero que, en algún momento, él pueda resarcir su equivocación.

De cualquier manera, te agradezco mucho la oportunidad que le has dado de estar en este momento, sé que lo que te hizo es imperdonable y cualquiera en tu lugar nunca lo hubiera dejado formar parte de la vida de Jacob, lo que demuestra que eres una mujer increíble, que ama a su hijo por encima de todo, y que tiene un gran corazón. Por ello, apelo a tu buen corazón para pedirte un favor… Sé que es un atrevimiento de mi parte, pero me gustaría conocer a mi nieto, poder estar para él, para lo que se necesite… Además, con Roberto, el padre de Matthew, nos ofrecemos a cubrir la totalidad de los gastos de la operación y lo que se requiera. De todo corazón te ofrecemos poder sufragar la cirugía de nuestro nieto, no porque queramos que perdones a Matthew, o como alguna forma de coaccionarte, de ninguna manera, lo hacemos porque, aunque aún no lo conocemos, estamos feliz de tenerlo y queremos que él viva mucho tiempo, queremos que crezca y sea un hombre maravilloso. Es nuestra forma de ayudar, y esperamos no ofender con nuestra propuesta, ya que no es la intención.

Si quieres comunicarte con nosotros, en la parte de atrás he dejado nuestros datos.

Por favor, no dudes en contactarnos, aceptaremos los términos que decidas poner, solo queremos ser de ayuda.

Con cariño, Zara.»

Charlotte se quedó sorprendida al leer la nota, que en realidad era una carta, una súplica… Una sensación extraña se extendió en su pecho. Sintió una fuerte ternura hacia la que era su suegra. Se le estrujó el corazón al saber cuántas personas querían a su hijo.

Las manos le cosquillearon al observar los números de teléfono de Zara y Roberto, los padres de Matthew, del hombre que demostró ser más que lo que dijo meses atrás en aquella cafetería.

Al ver el número, le entró ganas de llamarlos, de invitarlos a conocer a Jacob, no obstante, no se sentía cómoda hablar por primera vez con ellos de esa forma.

Lo pensó por unos minutos donde se debatió por hacer lo uno o lo otro. Podía esperar a Matthew y que él les llamara, que les dijera que estaban invitados para conocer a Jacob, pero… Luego consideró la situación.

Se levantó con decisión, dejó el monitor del bebé muy cerca de la pequeña cuna de su angelito, tomó el otro aparato y salió de la habitación.

—Mamá, ¿podemos hablar? —le preguntó a Lorena, la cual encontró sentada en la sala, viendo una serie de ciencia ficción que no podía mirar cuando estaba Héctor en casa.

Lorena bajó los pies del sillón y le hizo espacio a su hija para que se acomodara a su lado y así poder hablar más cómodas.

29

Terminó de trabajar justo a la hora. Apagó el ordenador, se levantó y estiró. El trabajo, junto con tratar de realizar todos los requisitos que les pidió el hospital, lo agotaron al punto de necesitar dormir con urgencia, quizá necesitaría unas horas, unos días… No tenía ese tiempo, ni siquiera unos segundos. Debía ir a casa de Charlotte a contar las nuevas y, por supuesto, ellos tenían que hablar del viaje y de la ruta que tenían que emprender.

Como si todo eso no fuera suficiente para aturdir su cerebro, la mujer de la fundación que lo estaba ayudando, Mariana Fernández, como se identificó ella, le envió los gastos de la operación.

Resopló al ver la cantidad, aunque le tranquilizó saber que podía gestionar el pago, y dar la mitad en el primer mes después de la operación, seguía siendo mucho dinero, pero ya se las arreglaría, el dinero era lo de menos. Quizá tendría que vender su camioneta y sacar un préstamo bancario, no obstante, no dejaría que esas nimiedades se interpusieran en el bienestar de su pequeño.

Se quitó la corbata antes de salir de su oficina. Caminó hasta el estacionamiento, despidiéndose de los demás trabajadores, los cuales todavía se quedaban dentro de la oficina por unas horas más. Al llegar al aparcamiento, tiró a la parte trasera de la camioneta su maletín, la corbata y la chaqueta. La ropa le comenzaba a incomodar, aunque no tenía tiempo de cambiarse, tenía que ir a ver a Charly y a Jacob, eso era lo primordial.

Manejó en el límite de velocidad, aprovechó que casi no había automóviles e hizo el trayecto desde la oficina hasta la casa de Charlotte en menos tiempo del que hubiese creído en un principio.

Se estacionó delante de la casa y notó el vehículo que estaba aparcado enfrente de los vecinos, se parecía mucho al auto de su padre…

Entrecerró los ojos para captar la placa del automóvil y confirmó de esa manera sus sospechas. Inhaló hondo y se infundió de fuerzas.

Quizás aquello era un buen síntoma de que las cosas entre su familia, Charlotte y la que podía llegar a ser su familia política, estaban más cerca de solucionarse, y si no, al menos estarían todos juntos para escuchar el progreso que logró para que Jacob fuese tratado en el hospital.

Agarró el certificado de nacimiento de su hijo, ahora Jacob Adams Andrews. Pese al certificado del hospital, en donde solo estaba el apellido de Charlotte, como lo había reconocido al momento de inscribirlo, por ley, su apellido fue puesto de primero. A decir verdad, en parte se sintió culpable al ver cómo la secretaria del registro ponía de primero su apellido, pero no había nada por hacer. Se lo mereciera o no, Jacob llevaría el Adams al principio.

Tomó los demás papeles, así como una hoja que había impreso con las posibles fechas para tomar el vuelo que los llevaría a ese país insular que muchos consideraban un paraíso, en más de un sentido… Esperaba que el pequeño Jacob soportase el viaje, que era una de las más grandes preocupaciones, la primera era la cirugía en sí misma… Lo demás no lo quería pensar.

Con lo necesario en manos, se acercó a la vivienda y tocó el timbre dos veces.

Dentro, la alegría de los padres de Matthew fue más que evidente. Contagiaron tanto a Charlotte como a Lorena con su entusiasmo. Por supuesto, habían llegado cargados de obsequios para el pequeño, el único nieto que tenían. Lo habían visto y adorado desde el primer minuto en el que sus ojos se posaron en ese pequeño burrito que era Jacob arropado por la cobija que la misma Zara le regaló. Solo ella se atrevió a cargar a su nieto, ya que Roberto tenía miedo de realizar un mal movimiento y hacerle daño.

—Lo mismo hizo cuando nació Matthew… Hasta que cumplió tres meses se atrevió a tomarlo en brazos —se burló Zara de su marido, con tono jocoso, sin quitar la mirada de Jacob, que la tenía embelesada, haciendo caras, mientras él permanecía en su duermevela.

Lorena rio por lo bajo y aceptó que Héctor tampoco cargó a ninguno de sus hijos por unos meses, incluso más que Roberto y que, cambiar pañales era una tarea que solo hizo hasta que nació Leticia, la hija de Daniel, su nieta.

La charla se hizo más amena entre más compartían las mujeres, aunque Roberto se quedó un poco rezagado, tratando de justificar sus acciones, cosa que no logró, pese a que lo trató con mucho ahínco.

Si bien, al principio les costó relacionarse, y encontrar un punto en común para hablar y congeniar, ya que eran unos completos desconocidos, no tardaron en hacer migas para una relación familiar. La incomodidad de un inicio pasó en cuanto acogieron a Jacob como el centro de la charla, en cuanto hallaron cosas en común.

Charlotte dejó de sentirse nerviosa luego de que Zara la abrazara y le agradeciera la oportunidad de poder conocer a su nieto, lo que sucedió casi en cuanto se vieron.

En su fuero interno, se alegró de haber hecho esa simple llamada que, aunque le pareció una de las cosas más difíciles de realizar, al final terminó con un bonito encuentro en el que Jacob conoció a sus abuelos paternos.

Cuando Charlotte abrió la puerta y se encontró con Matthew, sus ojos repararon en el cansancio que se notaba en todo el semblante del preocupado padre.

Se saludaron sin mucha efusividad y, pese al conocimiento, a Matt se le alzaron las cejas al ver a sus padres sentados en la sala, hablando con Lorena con tranquilidad, mientras su madre cargaba a Jacob y lo mimaba con sus caricias.

Se integró al grupo y siguieron con la plácida charla que habían tenido hasta ese momento. Zara habló de cómo era Matthew de niño, de las cosas que hacía y de lo mucho que se parecía su nieto a él, aunque resaltó que tenía rasgos de Charlotte.

Lorena, incluso, puso más té en la tetera para que pudieran hablar más a gusto.

Para la hora en la que llegó Héctor, ya todos parecían haberse conocido desde hacía mucho tiempo.

Matthew solo dejó un tiempo más para que Héctor se acomodara a sus padres, lo que no le costó mucho cuando Roberto comenzó a hablar con él de trivialidades futbolísticas que a ambos hombres parecía interesarles.

—¿Podemos hablar? —preguntó Matthew a Charlotte, apartándola de los demás.

Jacob estaba en su moisés y los mayores parecían enfocados en lo que tenían en común.

Ella asintió y se alejaron de sus progenitores para poder hablar de lo que Matthew había hecho en el día. Le contó de la inscripción de Jacob, procuró que notara que la decisión de los apellidos no había sido su responsabilidad. Se sintió como un idiota al justificarse por algo tan estúpido, pero no quería que Charlotte creyese que él se veía con esa clase de potestades sobre su hijo.

Era evidente que el miedo de volver a decepcionarla lo llevaba muy tatuado en la mente y eso lo hacía actuar de maneras extrañas.

Charlotte le aseguró que estaba consciente de que así tenía que ser, y zanjó el tema.

Siguieron con lo siguiente. Le habló del avance que hizo con la fundación y que, al parecer, los doctores del hospital tenían una opinión diferente a la de Max y su colega. Le dijo que al día siguiente tenía que ir con Jacob a sacar los pasaportes, le enseñó la hoja donde tenía anotado los vuelos próximos y el itinerario del viaje.

—No hay vuelo directo hasta la isla. —Sus cejas se juntaron, recordando la molestia que sintió cuando averiguó ese detalle—. Y lo peor… —Resopló. Charlotte parpadeó, expectante—. Lo peor es que para llegar a la isla, solo se puede tomar una avioneta, despresurizada. —Alzó la mirada y se quedó observándola al revelar ese último detalle que lo tenía muy preocupado.

Charlotte se pasó la mano por su cabello, despeinando su rubia melena.

—¿No hay otra forma? —preguntó con premura, sabiendo que eso podía desmejorar la salud de su pequeño.

—La hay, pero son más horas de vuelo, más tiempo en el que se puede descompensar. Mariana, la mujer con la que he estado hablando de la fundación, me dijo que lo mejor era hacer el viaje cuanto antes y de la manera más rápida.

Charlotte asintió y le temblaron los labios. Inhaló hondo y retuvo en su interior el torrente de sentimientos que querían explotar. Estaba preocupada, tenía miedo y… No quería pensar en lo peor, sin embargo, después de hablar con Max, le era muy difícil no hacerlo, él ya lo había dicho, el viaje sería peligroso.

La cabeza le punzó como un aviso a la migraña que le comenzaría.

¿Por qué todo se tenía que complicar? ¿Por qué su hijo había tenido que nacer con esa afección? ¡Era solo un bebé!... y ya había sufrido demasiado, lo notaba en su respirar, la forma en cómo su cuerpecito se expresaba.

—Oye, vamos a ser lo imposible por Jacob —aseguró Matt al observar la desmejora de Charlotte, al ver que se encerraba en su cabeza para martirizarse con ideas negativas.

Asintió y su corazón apresurado se tranquilizó al ver la decisión de Matthew. Tenerlo de su lado era tener una balsa en medio del océano tormentoso en el que su mente se metió desde que le dijeron del padecimiento de Jacob.

Hablaron un rato más, se fueron al comedor, alejados de sus padres y centrándose en lo que tenían por delante, donde se pusieron de acuerdo con lo que deberían hacer, así como la mejor manera de afrontar la ruta trazada para llevar a Jacob a la isla.

Sin saberlo, ambos estaban muy juntos, sentados uno frente al otro, las manos de Charlotte descansaban sobre sus piernas, juntas, y una mano de Matthew las acompañaban, dándole fuerza. Sus miradas, azul y miel, se encontraron y no se despegaron. Sus corazones latieron al mismo ritmo y algo dentro de sus cerebros les hizo sentir como antes, en esa conexión inigualable que tenían previo a que se arruinara la relación. Estaban tan cerca, que el aroma del otro embriagó sus sentidos y, por alguna razón, estar así de compenetrados, los relajó, incluso se atrevieron a profundizar en las pupilas del otro y recordar, sin preverlo, momentos más agradables, cuando su relación les hacía tan felices. En esos momentos, donde la preocupación se adueñaba de sus días, estar de esa manera los alivió.

Al concluir y ver el vuelo que más les convendría, fueron a hablar con sus padres. Matthew fue el que habló y comentó todo lo que le dijeron los de la fundación y demás.

—¿Entonces, los doctores de ese hospital creen que hay una posibilidad? –preguntó Lorena, agarrando las manos de Héctor, con la mirada acristalada pero brillante, con la que denotó su ilusión.

Una sonrisa apaciguadora brotó de los labios de Matthew.

—Sí, ellos tienen una opinión diferente a la de tío Max. Ellos creen que, es posible una operación exitosa, aunque, por lo que me dijo mi contacto con la fundación, es solo una respuesta preliminar, ya que se sabrá mejor cuando esté allá y se le hagan las pruebas requeridas.

—No importa —acotó Lorena con la voz temblorosa, emocionada—. Es una bendición que ellos den una esperanza. —Cerró los ojos y exhaló.

Era la única de todos ellos que comprendía lo que significaba ese rayo de esperanza. Era lo que su nieto necesitaba para poder vivir…

30

ESE DÍA, disfrutaron estar juntos. Quizás era por la emoción de tener un rayo de esperanza, o porque algo dentro de ellos se volvió a conectar.

Matthew se fue a su departamento por la noche, luego de que Lorena lo hiciera cenar demasiado, luego de que Héctor lo mirase de esa manera, con la que le dijo que aún tenían asuntos por resolver, aunque no se acercó para hacerlo en aquel momento.

Sus padres reafirmaron su compromiso de pagar la operación, incluso cuando su hijo les hizo saber cuál era el importe total. Zara le afirmó que tenían suficiente dinero para pagar, que solo se tenía que preocupar por su estadía y demás nimiedades que nada tenían que ver con el precio total de la cirugía. Ese simple hecho de contar con sus padres hizo que Matt pudiera estar más tranquilo, que parte del peso con el que cargaba se quitara de su espalda.

Habló con Charlotte para que concretasen la forma para ir a sacar los pasaportes, al final, Lorena, al verlo tan agotado, y entregado, se ofreció para llevar a su hija y nieto para que él no necesitara pedir permiso en el trabajo, ya que la cita era temprano. Lo convenció cuando le hizo ver que, después, tendría que pedir permiso por un mes para poder estar junto con Charlotte en la cirugía de Jacob.

Era así. Él había decidido acompañarla, no quería dejarla sola en esa tesitura. Le rompía el corazón imaginarla sola, en un país desconocido que ni siquiera hablaban su idioma, tratando de cargar con todo, cuando la cesárea estaba reciente y, aunque ella no se quejaba, sabía que no podría sola con todo, era demasiado. Ya la había dejado una vez, y se arrepentiría por el resto de su vida, por esa misma razón accedió a la propuesta de Lorena, a fin de poder contentar a su jefe para lo que se venía.

* * *

LOS DÍAS SIGUIENTES ESTUVIERON LLENOS DE CAOS, de hacer malabares para completar los requerimientos para el viaje, para poder llevar a Jacob al hospital especializado en cirugías al corazón.

Para tratar la «Conexión anómala total de venas pulmonares» —en cualquiera de sus variedades—, existen pocos hospitales a nivel mundial que pueden ejecutar la cirugía de reconexión de venas, el más cercano a ellos, era el que se encontraba en ese país insular.

Querían tener todo arreglado. Los días pasaban y la condición de Jacob, pese a mantenerse estable, no iba a mejorar. La angustia se les enroscaba en la boca del estómago. Ni siquiera podían dejarlo llorar por medio segundo, oír su llanto era impensable, ya que sus pulmones no podían soportar realizar tal acción. Jacob pasaba la mayoría del tiempo dormido, más que un bebé promedio, y las pocas veces que estaba despierto, sus bellos ojos azules parecían estar perdidos.

Charlotte adoraba estar con su pequeño angelito, sin embargo, en silencio elevaba plegarias para que su salud mejorase y atrás quedasen esos momentos de angustia, esas noches sin poder dormir a causa de estar pendiente de Jacob, ya que no podía permitir que se agitase, que hiciere esfuerzo alguno. Ni siquiera era consciente ya del dolor de la cesárea, no tenía cabeza para ello.

Aprisa, en poco tiempo lograron ultimar los detalles, quedaba solo un día para que emprendieran el viaje, un viaje largo en donde tendrían que abordar dos aviones, uno de ellos —la avioneta—, era despresurizado, algo que no dejaba de ponerlos nerviosos.

Sin embargo, pese a todos los pronósticos, pese a todo, estaban positivos, deseando que en cuestión de días la cirugía fuera exitosa y Jacob ya no corriera peligro.

Esa tarde, un día antes de salir del país, los padres de Charlotte, sin pretenderlo, organizaron una pequeña reunión donde los familiares —los de Charly—, llegaron a desearles buena suerte a la pareja.

Los Andrews eran una familia grande pero muy unida. Guiados por un patriarca, la familia conformada por los abuelos de Charlotte, sus cinco tíos —cuatro hombres y dos mujeres, contando a su padre—, así como sus dieciocho primos, además de sus muchos sobrinos, eran muy cercanos, pese a que no todos vivían en el país.

La reunión sucedió casi sin pensarlo, primero, la hermana menor de Héctor, Natalia apareció luego de una breve llamada con su cuñada.

Natalia, como los demás, querían conocer a Jacob, no solo por fotos, sino también en persona, querían ver al pequeño guerrero que estaba a punto de emprender una de las mayores aventuras que puede esperar un pequeño infante de apenas unos días de nacido.

Llegó temprano acompañada de su hijo mayor, Esaú, y su otro hijo, Leo, quienes llevaban presentes para el pequeño, además de algunas cosas para Charlotte.

Poco a poco fueron apareciendo los demás; Paco, Lola, los mayores, quienes llegaron solos, puesto que sus hijos estaban trabajando, aunque después apareció un hijo de Lola. Miguel y Jorge aparecieron de último y junto con ellos, los abuelos de Charlotte, quienes eran dos personas de más de ochenta años que ni siquiera lo aparentaban, ya que sus genes y estilo de vida los llevaron a tener una apariencia lozana y una salud inquebrantable.

Junto a los familiares de Charlotte, Lorena invitó a los padres de Matthew, quienes gustosos aceptaron.

Al final, la casa de los Andrews se llenó de personas que deseaban conocer a Jacob y desearle buena suerte en su operación y pronta recuperación.

A simple vista, parecía una bella estampa, quizá lo era. La abuela de Charlotte, Alicia, sostenía a su bisnieto con alegría, lo mecía entre sus brazos aún fuertes, mientras lo admiraba y le contaba algún cuento que antes relataba a sus nietos.

Charlotte hizo varias fotos, incluso fotografió a su abuela con Jacob y a su lado, Leticia, quien encantada correteaba por toda la casa, llena de vida, jugando con uno de sus primos con quien tenía la misma edad.

Matthew fue llevado de un lado a otro, mientras Lorena, fiel a su forma de ser, lo iba presentando como el «novio» de Charlotte, sin hacer alusión a que en realidad no tenía idea de la relación que su hija y su «yerno» tenían; no le importaba, ella veía la forma en la que se miraban y le bastaba para saber que entre esos dos había algo, quizá solo necesitaban un empujón para terminar de arreglar su situación.

Daniel estaba con su mujer hablando junto a Esaú y Gloria, la hija mayor de Miguel, quien fue la última en llegar, junto con su pequeño hijo Javier, con quien jugaba una animada Leticia.

En las diferentes estancias de la casa había grupos que entablaban alegres charlas.

Sí, era una bonita estampa, hasta que hubo un comentario que dejó quieto a Daniel. El hermano de Charlotte escuchó a Esaú decir algo que lo dejó frío, que hizo que todo su cuerpo se pusiese rígido y deseara darle un puñetazo a su primo, uno de los primos con el que más confianza tenía…

—Aquí entre nos —susurró Esaú—, después de ver las radiografías y escuchar lo que dijo el pediatra… No sé… Lo siento mucho por Charly, pero lo cierto es que no creo que la operación deba llevarse a cabo. No lo digo por el viaje aéreo que, de por sí es riesgoso para cualquier persona que tiene un problema cardiaco medianamente grave, ya no se diga para un recién nacido que no oxigena bien… Lo cierto es que la presión, el cambio de atmosfera y demás, hace estragos en el corazón y las venas. Y si a eso le sumas que es una operación con un nivel bajo de resultados positivos… —inhaló reflexivo, sintiendo que, en el fondo, tanto Charlotte como su «novio» debían resignarse y aceptar que Jacob solo estuviese unos días con ellos, que su vida se reducía a un tiempo muy corto, que incluso la operación no garantizaba que el bebé sobreviviera, que iban a hacer un gasto inmenso por nada, que estaban desperdiciando el enganche de una casa…

Daniel buscó la mano de su esposa para lograr poner «polo a tierra» y contener la ira que bulló dentro de su cuerpo, calentando su sangre, haciendo que esta viajara con más rapidez, hasta que escuchó el sonido de su agitado corazón en los oídos. Tenía ganas de gritarle a su primo, decirle que esas deducciones no le competían, que si fuera su hijo haría hasta lo imposible por darle más tiempo, por alargar su vida, por verlo crecer, por admirar su sonrisa enamorada cuando tuviera su primer amor, por verlo graduarse hasta del preescolar. Percibió sus músculos engrosarse ante la rabia, pero se contuvo, no quería que su hermana se enterase de aquellas palabras, suficiente estrés tenía como para agregar más.

Calló y dejó que su primo siguiera hablando de la suma de dinero que estaban por desperdiciar…

No pasó mucho tiempo para que la reunión improvisada en la que Lorena aprovechó para ofrecer viandas y tés que preparó con anterioridad, se diluyera y poco a poco todos dejaran a los agotados padres descansar, así como al pequeño Jacob que no se despertó casi en toda la reunión.

Así, los primeros en irse fueron los abuelos de Charlotte, seguidos de sus tíos y primos, hasta que solo quedaron los más cercanos a ellos, es decir, sus padres, Daniel, su esposa y la pequeña Leticia que dormía en la habitación de sus abuelos.

La fiesta distrajo un poco a Charly, no obstante, en cuanto los invitados comenzaron a irse, el peso de los acontecimientos futuros recayó sobre su pecho, dificultando su respiración como si una roca le oprimiese el cuerpo. No quiso aceptarlo, pero se sentía débil, le dolía la cabeza y la herida de la cesárea le molestaba, aunque creyó que eso se debía al tiempo en el que permaneció parada de un lado a otro, tratando de hablar con sus familiares y de esa manera olvidarse de sus pensamientos nocivos que, como intrusos no deseados, se inmiscuían dentro de su cerebro para recordarle lo que el tío Max dijo.

Por la noche, las palabras de uno de los mejores cirujanos del país recayeron con fuerza sobre ella, no hubo forma en la que no pensara en ello, incluso así, estaba resuelta a llevar a Jacob al hospital y rogar para que la operación saliese bien.

Lo único que importaba en ese momento, era la vida de su angelito. Si de ella dependiese, le daría su vida, su alma y su corazón.

31

EL SOL APENAS IBA COLOREANDO EL CIELO DE ANARANJADO cuando Matthew se levantó. Al principio, al escuchar la alarma, quiso arrojarla y dormir unos minutos más, su cabeza estaba cubierta por la neblina del sueño, no recordaba ni su propio nombre. De pronto, la bruma se diluyó y todo llegó a su cerebro, el torrente de pensamientos, y los planes para ese día.

Tragó saliva con dificultad y se sentó en la cama.

Sacudió la cabeza y se levantó apartando las sábanas con los pies, un tanto molesto, pero no era más que una reacción colateral de las pulsaciones erráticas de su corazón.

Las ansias se le enroscaron en el cuerpo, como una boa constrictora que restringe el oxígeno.

Por un momento, antes de afrontar el día, se permitió sentirse «débil», sentir el peso de su alma, la forma en la que su cuerpo le costaba moverse, la forma en la que la garganta se le cerró de a poco. Le escocían los ojos y se los frotó, a fin de alejar esa visión pesimista de lo que ocurriría.

Estaba agotado. Llevaba días tratando de ser positivo, «fuerte», por Charlotte y por Jacob, aunque la culpa y el desasosiego lo abrumaban a cada segundo.

Inhaló hondo y sin más, se sacudió esos pensamientos. No era momento de estar triste, no era momento para dejarse llevar por las emociones. Tenía que ser la roca inamovible para que Charlotte pudiera descansar, al final, estaba consciente que ella estaba peor que él, peor de lo que dejaba entrever.

Sin más, apagó su mente y se fue a duchar, se arregló con rapidez y luego agarró las maletas.

Estaría un mes fuera del país, quizá más, aunque esperaba que no, porque si le tocaba estar más, no era precisamente porque algo bueno estuviese pasando. Quería que Jacob se recuperara pronto, que la cirugía fuese un éxito y esa oscuridad que se negaba a salir de sus mentes y almas se esfumara cuando, al fin, pudieran ver a un Jacob sano, con la piel de un color más natural, con las mejillas regordetas, con la energía de poder gritar si así lo desease.

Salió de su pequeño departamento.

Al menos tenía un plan, al menos solucionó su situación laboral. Recurrió a sus semanas de vacaciones y el resto de la estancia fuera, haría trabajo remoto. Estaba consciente de lo duro que sería tratar de cumplir con su trabajo desde lejos, pero no le importaba, de ninguna manera iba a dejar ir sola a Charly. Sí, tuvo que convencer a la fundación del hospital, ya que solo aceptaban a un encargado en cada caso, y sí, le fue necesario negociar con su jefe, aunque este se mostró comprensivo. No obstante, estaba cumpliendo su promesa, y lo hacía con gusto, porque en su interior, entendió que no quería dejarla más, que, si de él dependiese, estaría su lado por el resto de su vida.

Inspiró hondo al comprender lo que significaba ese último pensamiento…

* * *

AL LLEGAR A LA CASA DE LOS ANDREWS, Matthew se bajó de la camioneta y fue directo a tocar el timbre. A medio camino la puerta fue abierta y vio a una Charlotte equipada con lo necesario para el viaje.

Sonrió sin poder evitarlo. Le pareció más hermosa que nunca. Su piel rosada gracias a las bajas temperaturas le daba un aire de muñeca, eso y su cabello rubio que hondeó cuando el viento le revolvió la melena.

Iba vestida con un vaquero sencillo y una camisa de botones, blanca, y sobre esta, un cárdigan verde claro que combinaba a la perfección con sus ojos del color de la miel.

Atrás, la madre de Charlotte sostenía al pequeño Jacob.

—¿Tienes la silla en el auto? —preguntó Charly sin siquiera saludar, se miraba nerviosa, mucho más de lo que él lo estuvo en su departamento.

El corazón de Charlotte latía con prisa, desembocado. Estaba inquieta, casi no durmió a causa de la excitación perversa que se apropió de su cuerpo y que le hizo pensar en mil cosas. Se imaginó un mes después, con un Jacob recuperado y feliz en sus brazos. Por desgracia, no fue el único escenario que se recreó en su cabeza, y eso hizo que se despertara antes de la hora, que revisara si tenía todo lo necesario para el viaje. Lo hizo más veces de las necesarias, revisó todo más de una vez.

Cuando escuchó el ruido de la camioneta, se sintió más eufórica y no pudo evitar salir a su encuentro.

—Sí, tengo todo, no te preocupes —respondió él sabiendo que estaba alterada.

Ella asintió despacio.

—Todo saldrá bien, cariño, ya verás —susurró Lorena, acunando a Jacob, quien estaba completamente dormido.

El sol se alzó en el horizonte y se apresuraron a poner las maletas de Charlotte y Jacob en el auto, para después colocar al pequeño en su asiento y asegurarlo.

Lorena se despidió de ellos, besando a su nieto en la coronilla, y a su hija la abrazó fuerte, con Matthew no fue diferente, en su interior, ya lo veía como un miembro más de la familia.

Héctor salió de la casa, se iba cerrando la chaqueta, fue el último en despertar, y tardó en arreglarse. Las manos le sudaron cuando saludó a Matthew y se subió, junto con los demás, al vehículo, ya que sería el encargado del auto.

Cuando discutieron cómo harían para ir al aeropuerto y la ruta del viaje, Matt dijo que iba a dejar la camioneta en el aeropuerto. Por supuesto, Héctor se negó, no iba a permitir que gastase tanto dinero cuando podía llevarlos y recogerlos. Gustoso, Matt aceptó la propuesta del que fue su suegro.

Callados, emprendieron camino.

Dos horas largas en las que cada cabeza se enfocó en un sentimiento similar, así como Lorena que, en casa, pidió y rogó al cielo por ese milagro que tanto necesitaban.

32

LAS DOS HORAS DE CAMINO EN CARRETERA y luego las siguientes tres en el avión fueron bastante tranquilas. Pese al avión, Jacob soportó muy bien el trayecto, aguantó como todo un guerrero, sin apenas renegar, sin casi inquietarse, sobrellevó estar en los brazos de sus padres las tres horas que fueron en el avión.

Al principio Charlotte no quiso soltarlo, necesitaba sentir su corazón, escuchar sus latidos, saber si estos se alteraban, si era necesario hacer algo más. Matt solo pudo ayudar a que el trayecto fuese más llevadero, cargando las maletas, recomponiendo el almohadón especial en forma de medialuna que llevaron para poder cargar a Jacob en el avión, ya que los bebés tan pequeños no pueden ir en un asiento.

Estuvo pendiente de cada necesidad de Charlotte, compensando el hecho de no poder hacer más, en principio, porque ella no quiso.

Cuando estuvieron en la avioneta, las manos le comenzaron a doler.

Matt sonrió al ver la expresión en la cara sonrojada de Charly. Los brazos le temblaban y le punzaba la espalda, sin embargo, no quería despegarse de su angelito, su necedad y el miedo se lo impedían.

—Vamos, no seas así, lo puedo llevar en este tiempo, te aseguro que lo cuidaré muy bien, más que bien —afirmó al verla de aquella manera.

Lo miró con recelo. Faltaba todavía para que la avioneta despegara, la pequeña avioneta que en nada se comparaba con el cómodo avión que abordaron horas atrás.

Se relamió los labios. Ver las superficies metálicas del vehículo la estaban poniendo más nerviosa. Estaban todavía en tierra firme, y le daba pavor pensar en el momento en el que despegarían.

Cerró los ojos por un instante. Le dolían los brazos, la espalda y los hombros. Estaba agotada de cargar a su angelito. Estuvo tanto tiempo rígida en el avión que la posición le era dolorosa.

—Solo déjame un rato más, lo quiero tener en el despegue —respondió y bajó los ojos a la cara de Jacob, quien estaba en su duermevela, con los ojos abiertos que no tardaban en cerrarse con sueño y agotamiento.

Llevó su mano derecha al corazón del pequeño y sintió sus latidos.

—Sabes, nuestro hijo es un pequeño especial, no solo ha sobrevivido trece días junto a nosotros, sino también ha soportado este largo viaje. Nos está diciendo que va a estar bien, que puede hasta con lo más difícil, al final, sacó tu obstinación —concluyó para bajar la tensión.

Charly alzó los ojos y lo miró con una sonrisa más relajada.

Matt puso su mano sobre la suya y la apretó ligeramente.

—Estará bien —reafirmó y sus miradas se conectaron de esa forma en la que sus dos corazones latieron en una misma sinfonía, como si nada más que ellos tres importase, sin interesar que, a su espalda, las voces de los otros pasajeros fuese algo más alta y creara una especial cacofonía.

Sin que lo pudiese evitar, esos iris azules le dieron la paz que necesitaba. Admirar los ojos de Matthew ayudó a que sus miedos se esfumasen poco a poco, que sus músculos se destensaran y que una sonrisa más grande se albergara en su rostro.

—¿Puedes cargarlo? —preguntó con más confianza, más relajada y, sobre todo, más segura.

—Claro, será un placer —aceptó enseñando sus dientes blancos y rectos en una sonrisa encantadora que hizo que las mariposas en el estómago de Charly revolotearan.

Entre los dos, trabajando juntos lograron acomodar al pequeño Jacob sobre los brazos fuertes de su padre, quien sonrió feliz y sosegado cuando lo tuvo contra su pecho. Charlotte acomodó la almohada e inspiró hondo al ver la estampa de esos hombres que hacían que sus días fueran más coloridos.

En ese momento, por primera vez, no logró recordar las palabras de Matt, esas que tanto le lastimaron meses atrás, las mismas que no permitían que se pudiese sentir más a su lado.

Todo desapareció, incluso no sintió cuando la avioneta se elevó con un poco de dificultad. Solo pudo ver la manera en la que Matthew comenzó a hablar con Jacob y le enseñaba las nubes que poco a poco los absorbieron cuando se elevaron.

Una paz inusitada la inundó y no estuvo segura si fue por la estampa de tener, aunque fuera, una miradita de lo que sería una «familia feliz» al lado de Matt, o porque su esperanza volvió a surgir.

33

AL LLEGAR AL AEROPUERTO, luego de un vuelo más turbulento que el anterior, donde se tuvieron que asegurar que la respiración del pequeño fuese regular, al igual que sus latidos, aterrizaron en el país insular.

Estaban nerviosos, el vuelo fue muy diferente al primero. No, la respiración del pequeño no se alteró, tampoco sus latidos, pero eso no quería decir que todo estuviese bien.

Al llegar al pequeño aeropuerto, desembarcaron y sin esperar más tiempo, dieron aviso al contacto con la fundación del hospital.

Mariana Fernández, el contacto con la fundación, respondió de inmediato, y en el tiempo en el que ellos tomaron sus maletas y se prepararon para abandonar el aeropuerto, logró que la ambulancia llegara a este y los trasportara directo al hospital.

Ambos se vieron cuando la mujer de mediana edad llegó junto con ellos y se acercó para indicarles que solo uno de los dos podría ir en la ambulancia mientras que el otro iría con ella, detrás, junto con las maletas.

No lo dudaron, Charlotte se fue con Jacob y Matthew se subió al todoterreno de Mariana, junto con las maletas. Él supo de inmediato que ella no iba a poder estar separada de su hijo.

No estaban seguros si el hecho de que una ambulancia los llegase a recoger fuese bueno o, por el contrario, fuese solo un indicio de la grave condición del angelito.

Los ojos se le enturbiaron a Charly cuando observó a los paramédicos ponerle oxígeno a Jacob y revisar sus vitales. El pequeño parecía estar bien, ella misma lo revisó al aterrizar, sin embargo, era un civil, no tenía idea de cómo debía escucharse el corazón saludable de un bebé, mucho menos cómo debía respirar.

Las palpitaciones se le elevaron y las manos le sudaron. Solo se pudo quedar quieta, sentada donde le indicaron, observando cómo los paramédicos trataban a su bebé.

En menos de lo que creyeron, llegaron al hospital y un grupo del personal médico los recibió.

Sin decir mucho, le indicaron a Charlotte que llevarían a Jacob a realizarle una serie de exámenes para dictaminar su condición y saber cuándo intervenirlo. No pudo decir nada. Se quedó quieta, en el área de urgencia, viendo cómo trasladaban con prisa a Jacob, cómo los paramédicos hablaban con los doctores sobre sus vitales.

Se mordió el labio con fuerza y recordó ese momento de paz que vivió antes de que todo el caos la acogiese con fuerza.

Matthew llegó unos minutos después.

—¿Qué ha pasado? —preguntó aturdido al verla en medio de Urgencias, estática, sobre la cerámica blanca que tanto le recordó al piso del hospital donde dio a luz.

—No lo sé, en el momento en que lo bajaron de la ambulancia... —se quedó callada sin lograr articular palabra, sintiendo que la gravedad aumentaba sobre su cuerpo y la reducía con inquina, impidiendo que pudiese respirar con tranquilidad.

—No se preocupen, es lo normal en el procedimiento —habló Mariana tratando de sosegar la mirada de los angustiados padres—. Ahora le harán una serie de exámenes para ver si lo pueden operar de inmediato y demás. No hay nada de qué preocuparse, es parte del protocolo —reiteró con tono calmado.

Luego procedió a hacerles algunas indicaciones. Llevaron a Charlotte a la estancia de urgencias para que esperase las noticias y de esa manera, Matt y Mariana fueron al hotel de enfrente, un hotel que la fundación tenía preparado para los familiares de los pacientes. Dejaron las maletas en la habitación y ella le explicó la forma en la que se podía mover por la isla, cómo conseguir comida y demás nimiedades que le eran necesarias saber, como, por ejemplo, que en el hospital había una cafetería decente, en la que podían ir a comer, así como también la habitación tenía un horno pequeño, y una cafetera, por lo demás, tendrían que ir a la ciudad más cercana, puesto que el hospital estaba a las afueras, a una hora de distancia.

Con las instrucciones claras, Matthew regresó con Charlotte.

—¿Hay noticias? —preguntó sentándose a su lado.

Ella estaba con la mirada fija en el pasillo por donde se llevaron a Jacob, casi sin parpadear, sin moverse, sin apenas respirar. Su mente era un caos, un ruido sordo que no la dejaba pensar con claridad, solo se repetía dentro de su cerebro la imagen de los doctores llevándose a su bebé.

—Charly —la llamó con suavidad.

Se giró y pestañeó, sorprendida de verlo a su vera.

—¿Qué?

—Te he preguntado si hay noticias —repitió con la voz en un hilo, preocupado ya no solo por Jacob, sino también por Charlotte.

Su cabeza se ladeó ante la pregunta y luego negó.

—No, nada, no me han dicho nada… —respondió por lo bajo, para luego llevar sus ojos al pasillo.

Matt suspiró, y sin saber qué decir o hacer, porque lo cierto es que él también sentía esa especie de «mal presentimiento» comprimiendo su cuerpo hasta que una sensación extraña a la que no podía ponerle nombre le hizo admirar el pasillo y aguardar a que algo pasase, algo que quitara esa nube gris que cubría sus atormentadas mentes.

Solo necesitaban un rayo, un rayo para poder ver hacia arriba y dejar de ver la oscuridad.

34

PASARON UNAS HORAS EN LAS QUE TRATARON DE DISTRAERSE, de tomar sus móviles para hablar con alguien, entretenerse, salir de ese estupor en el que ambos se sumergieron sin quererlo.

Por suerte, Matt charló con ambas familias cuando llegaron al aeropuerto, y luego, cuando escuchó una notificación de un mensaje de ellos les hizo saber lo que sucedió, sin dar mayores explicaciones, puesto que tampoco las tenían. Se limitó a responder lo que Mariana les informó.

Estaban agotados del vuelo, pero también sentimentalmente. Llevaban varios días en aquella zozobra que no les dejaba respirar con tranquilidad, que los hundía de a poco en la densa niebla. Charlotte llevaba trece días así, trece días en los que su entereza fue puesta a prueba, ya ni siquiera podía llorar, ya no había lágrimas en sus ojos…

Pasaron horas hasta que un doctor se les acercó, horas en las que el poco sol que quedaba se desvaneció y la noche se hizo presente.

Un doctor mediano, con una barba espesa, así como sus cejas, unos ojos oscuros y amables, con la piel del color de la canela, se acercó a ellos con una expresión relajada en el rostro, algo que de inmediato los hizo respirar con más fuerza, como si sus sistemas se activasen.

Se levantaron de sus asientos, eran los únicos sentados en esa área de la sala de espera, así que de inmediato entendieron que ese doctor se dirigía hacia ellos.

—Son los padres del pequeño Jacob —afirmó con un ligero acento que ninguno de los dos pudo identificar de dónde venía. Asintieron al escucharlo—. Soy el doctor Roberts, el encargado del caso clínico de su hijo.

Hizo una breve pausa en la que los examinó con rapidez.

—Hay buenas noticias. El pequeño es el candidato ideal para lo operación. Le hemos hecho los estudios necesarios y, me alegra comunicarles que estamos listos para hacer la operación —indicó con alegría, arrastrando algunas «r».

—¡Perdone! —exclamó Charlotte, aturdida ante esa revelación.

Si bien se les dijo que la idea era operar cuánto antes, jamás creyeron que sería así de rápido. ¡Ni siquiera pasó un día! Tampoco lograron abrazar a Jacob una vez más, solo lo vio alejarse cuando el personal médico se lo llevó…

Una sensación rara le cerró la garganta.

—Sí, entre antes operemos será mejor. La condición de Jacob es complicada, al mismo tiempo es la indicada para poder operar, y no queremos perder tiempo.

—Está bien, entendemos —dijo Matt haciéndose cargo al ver que Charlotte no salía del asombro. Sin que viera el doctor, tomó la mano delgada y femenina que tenía al lado y la apretó para hacerle saber que no estaba sola—. Ahora, ¿qué sucederá?

El doctor destensó el cuello con movimientos pequeños apenas perceptibles, y suspiró profundo.

—En estos momentos están preparándolo para la cirugía que comenzará cuando todo esté listo. La cirugía tardará alrededor de diez u once horas, y una vez acabe lo pasaremos a una habitación en la UCI, ahí se quedará un tiempo —expuso de la forma más sencilla posible. No quería explicarles paso a paso el procedimiento, pero procedió a hacer un breve resumen, acotando lo más importante que harían, es decir, la reconexión de las venas.

»Si gustan, pueden ir a descansar y volver luego, ya que la operación comenzará tarde, así podrán dormir y regresar pasadas las horas. Tengan por seguro que cualquier cosa nos pondremos en contacto con ustedes; la recepcionista tiene sus datos, así que pueden irse tranquilos —sugirió cortés, con una sonrisa relajada en los labios, con la que quiso indicarles que todo estaría bien.

El doctor se dio cuenta de lo tensos que estaban. Pensó que seguramente, desde el momento en el que entraron en el hospital, hacía unas horas, no se habían movido de la sala de estar, algo que no podía ser bueno ni para sus cuerpos, y mucho menos para sus mentes.

—Gracias, doctor —agradeció Matthew.

—Disculpe, será posible verlo —preguntó Charlotte, sin entonar, no era capaz de hablar con claridad, seguía atónita ante la idea de que lo iban a operar con tanta prontitud.

El doctor se quedó viéndolos un instante.

—Lamentablemente eso no se va a poder…

Después de esa respuesta, en la que Charlotte sintió que se le cayó el alma a los pies, el doctor explicó alguna cosa más que no logró entender y se fue, despidiéndose, agregando que, antes de lo que se dieran cuenta, la cirugía habría acabado.

Se quedaron tiesos como dos postes, observando la espalda del doctor, viendo la forma en la que el hombre caminaba de regreso por donde llegó.

Volvieron a los asientos.

—Sabes, deberíamos ir a comer —propuso Matt, inspirando hondo, sin saber exactamente cómo sentirse.

Por un lado, ambos tuvieron esa sensación de ver la luz asomarse al fondo del túnel, pudieron observar ese resquicio de esperanza que se filtró entre la neblina. Querían estar felices, después de todo, ¡al fin operarían a Jacob! Era lo que estuvieron esperando días atrás, no obstante… No se podían sentir felices, no como deberían… Los peligros seguían ahí, una cirugía de ese tamaño tenía sus retos, además, Jacob solo tenía unos días de haber nacido, ni siquiera tenía un mes. ¿Cómo un bebé tan pequeño podría resistir tal cosa? De por sí cualquier intervención tenía sus riesgos, y una cirugía de corazón los tenía duplicados o triplicados…

—No tengo hambre, Matt —respondió Charlotte, desinflada, sin ánimos, al tiempo en el que sus pulsaciones eran lentas y mortificadas.

Matthew cerró los ojos y dejó que todo el aire en su interior se saliese con una prolongada exhalación, sacando esa sensación extraña de su cuerpo. Para cuando abrió los ojos, un brillo resolutivo le iluminó la mirada. Se levantó y se acuclilló enfrente de ella.

—Sé lo que sientes, Charly. Tampoco tengo hambre, la verdad, me arde el estómago desde hace rato, pero mi mente no tiene ganas de probar bocado. En todo el día apenas hemos comido y llevamos desde temprano yendo de un lado a otro, sin descansar, pero sabes, sé que tenemos que comer, sé que tenemos que descansar, que tenemos que estar bien para Jacob —su voz sonó firme, la miró fijo, directo a esas perlas doradas que le devolvieron la mirada con timidez. Le tomó de las manos y se las apretó con ligereza—. Lo sé, yo también tengo miedo, también hubiera querido que nos dejaran verlo antes de llevárselo con tanta prisa, sin embargo, sé que es lo mejor para él, que están haciendo todo eso para restablecer su salud y que se haga lo antes posible. Y cuando nuestro bebé salga de la cirugía, va a necesitar de sus papás, va a necesitarnos completos. Tenemos que cuidarnos si queremos estar bien para él, hermosa.

—Sus miradas estaban unidas, aunque la de Charlotte se llenó de lágrimas contenidas, emborronándole la imagen de Matthew.

Tenía miedo, miedo de que, lo que Max les dijo se cumpliera y Jacob no sobreviviera a la operación, de que todo aquello fuese inútil y… ni siquiera tuvo la oportunidad de despedirse de él…

El estómago se le constriñó ante ese pensamiento funesto que alejó de su mente al observar la forma en la que los ojos cerúleos de Matt la observaban, sintiendo que en ese océano podía estar en paz.

Asintió y cerró los ojos, dejando caer una lágrima gruesa por su mejilla.

Matt soltó una de sus manos y le acarició el rostro, borrando la huella de la salada gota.

Sin decir más, se irguió y le ayudó a ponerse de pie. Caminaron tomados de la mano, acercándose primero a la recepción donde una agradable enfermera los recibió. Le preguntaron dónde estaba la cafetería, puesto que, entre tanta cosa, a él se le olvidó cómo llegar.

Sin más, se fueron caminando a paso calmado hasta la cafetería, listos para afrontar la situación con más fuerza. Matt se llevó la mano de Charlotte a la boca y le besó el dorso.

—Estará bien, está en el mejor lugar y no le va a faltar nada —dijo para tranquilizarla y a sí mismo, ya que también sintió la opresión en su torso, esa que le hacía estar alerta.

35

LAS HORAS COMENZARON A PASAR LENTAMENTE. Comieron despacio, casi sin hablar, casi sin moverse, solo tratando de meterse a la boca la siguiente porción de comida, pese a que ninguno fue capaz de terminar lo que tenían enfrente. Regresaron a la sala de espera después de ingerir lo que pudieron.

—Si quieres, puedes ir a la habitación, yo me quedó y te aviso cuando acabe la cirugía —propuso Matt al verla tan cansada.

Los hombros de Charlotte estaban hundidos, su cuerpo comenzaba a mostrar claros signos de agotamiento. Sus ojos estaban rojos, hinchados y acuosos. Las ojeras estaban más oscuras y su nariz roja la hacía ver delicada.

Alzó la mirada y lo observó.

A su lado, Matt estaba más entero, su cansancio también fue evidente, pero su altura y musculatura lo hicieron ver más fuerte. Una sonrisa delicada se extendió en los labios de Charly.

—No quiero, quiero estar aquí cuando nos digan que todo salió bien. —Observó esos ojos cerúleos y sintió las mariposas revolotear en su estómago con calma, como si estuvieran despertando de un sueño largo.

Trató de evitar que ese sentimiento reclamase su atención, no era el momento, sin embargo, ver esos ojos azules, del mismo color que los de su angelito... y con los que tantos recuerdos tenía, le hizo sentirse más tranquila, de una forma diferente, como si, por estar él a su lado, pudiera descansar un poco, estar segura de que todo saldría bien. No entendió la mecánica de tal sensación, pero sí estaba segura de qué sentía; lo sintió desde el momento en que él entró a la habitación del hospital, haciendo que fuera su punto de apoyo, esa persona en quien podía reposar.

Matthew la examinó con atención y se perdió en sus carnosos labios rosados, aunque en ese instante estaban un tanto pálidos. Con todo, seguía siendo preciosa.

—¿Segura? Si soy sincero, me encantaría que fueras a descansar. Has pasado unas horas muy tensas, tu cuerpo necesita dormir, necesita estar en una buena cama…

—Tú también —lo interrumpió, para luego tomarlo del brazo e impulsarlo a seguir caminando, sin dejar que siguiera tratando de convencerla de algo que no iba a suceder.

Al llegar a la sala, se sentaron uno al lado del otro, en un sillón doble un tanto cómodo. No era un lugar para descansar, pero tenía a la vista el pasillo por donde se llevaron al pequeño Jacob.

Se quedaron ahí un rato, en silencio, sin decir nada. Poco a poco, el cansancio le fue ganando a Charlotte, y sin que lo notara, Matthew la atrajo a su cuerpo, reposando su cabeza sobre su pecho. Se acomodó de tal manera que ella pudiera descansar sobre su cuerpo, en lugar de menear su cabeza en el aire, buscando algo para sostenerla.

De a poco, la deslizó más hasta que recostó su cuerpo en su regazo. No era igual a estar acostada, pero el calor de sus piernas, y la fina tela de sus pantalones la hicieron sentir tan cómoda que ni siquiera se despertó ni un segundo. Sentir su aroma, su calor, su fuerza, le dio el descanso que tiempo atrás no había sentido, quizá desde antes de tener a su angelito.

Para Matt fue igual. Sentir el cuerpo de Charly le hizo sonreír, y relajarse un poco más.

Y, tal como le dijo, se quedó despierto, esperando que la cirugía siguiera su curso y pronto llegara alguien a anunciar que fue un éxito.

* * *

HICIERON FALTA ONCE HORAS PARA QUE LA OPERACIÓN FUESE EXITOSA, para que la reconexión de venas se hiciera de la manera correcta. Los doctores y demás personal médico trabajaron arduamente en el cuerpo infantil de Jacob.

Cuando acabó la cirugía, el doctor Roberts salió de la sala de operaciones para ir con los padres a informarles y darles las indicaciones de lo que sucedería a continuación.

Al llegar, Charlotte y Matthew estaban muy despiertos. Matt sostenía entre sus manos la segunda taza de café de la mañana. No haber dormido en toda la noche le estaba pasando factura.

Eran las diez de la mañana, el sol despuntaba en la isla con fuerza y hermosura, tiñendo el cielo con el más puro de los colores celestes. Las nubes eran esponjosas y blancas y, cerca del sol, brillaban con fuerza, agarrando un precioso tono amarillo, al tiempo que dotaban de sombra a las frentes perladas de sudor de los habitantes del país insular.

Matthew y Charlotte se pusieron de pie cuando observaron al doctor acercándose a ellos. Este les sonrió para tranquilizarlos, y en cuanto estuvo frente a la pareja, les hizo saber las nuevas…

La operación fue un éxito, un éxito rotundo, aunque tuvieron algunas dificultades, lograron seguir adelante.

—Dentro de unas horas lo pasaran a un cuarto donde lo podrán ver a lo lejos, aunque, les tengo que hacer una advertencia: No lo hemos podido cerrar todavía, es necesario tenerlo abierto por un rato más, de esa manera nos aseguraremos de que sus pulmones resistan y que todo su cuerpo actúe de la manera correcta. No es nada grave, no se asusten —se apresuró a apuntar—, en casos como en los del bebé Jacob es normal que esto suceda. Sin embargo, déjenme decirles que es un fuerte guerrero y que estará bien.

—Gracias, doctor —dijo Charlotte, emocionada, con una sonrisa grande en los labios temblorosos y una sensación dulce y caliente en el pecho.

Desde el momento en el que vio al doctor, se sintió como si el alma le volviera al cuerpo, como si al fin pudiera respirar.

Tragó saliva para no llorar, aunque los ojos se le empañaron. Esa vez, su llanto no pedía salir por la tristeza, por el contrario…

Matthew no estaba muy diferente. Agradeció al doctor de nuevo, mientras este les decía que podían ir a dormir un rato, que no había mucho por hacer en ese momento, que regresaran para cuando el pequeño fuese trasladado de la sala de recuperaciones.

Ambos sonrieron como dos tontos y asintieron.

Sin más, el día once de septiembre, Jacob Adams Andrews recibió un nuevo soplo de vida.

36

EN ESA OCASIÓN, obedecieron al doctor y anduvieron hasta el hotel, donde se fueron a la cama sin siquiera interesar que era una sola, en lugar de dos, cada uno se fue a una esquina y sin decir nada, durmieron.

Estaban tan exhaustos que no tuvieron tiempo para nada más que para ponerse un poco cómodos y dormir.

Durmieron como hacía mucho no podían, no solo por la calidad del sueño, sino porque descansaron más horas de las que pensaron.

Charlotte no se dio cuenta en el momento en el que su cuerpo se aproximó al de Matthew y, como en los viejos tiempos, lo abrazó, dejando que su nariz se colmara con su aroma, que sus extremidades sintieran su piel y que su mejilla se calentara con su pecho. Escuchó sus latidos y eso la sumergió en un idílico sueño que nunca pudo recordar…

* * *

LA PRIMERA VEZ QUE CONTEMPLARON A JACOB luego de la cirugía se sorprendieron al verlo conectado a más aparatos de los que tuvo con anterioridad. Su pequeño y delgado cuerpo descansaba en un tipo de incubadora transparente. Solo llevaba puesto un pañal y unos calcetines.

Una enfermera se encargó de explicarles, en cuanto los puso frente a la cristalera que les permitía ver a Jacob, que por el momento así lo mantendrían, que no podía ponerle más ropa, pero que estuvieran tranquilos, que estaba cómodo y que estaba sobrellevando su situación.

Esa vez, ver los aparatos, observar lo pequeño que se veía en comparación con las máquinas, no les hizo sentir un nudo en la garganta, no percibieron la opresión en sus pechos, en cambio, pudieron notar la esperanza calentando sus cuerpos, diciéndoles que todo estaría bien.

No los dejaron quedarse mucho tiempo, en cambio, tuvieron que volver al hotel. Pasaron por la cafetería y compraron comida, aunque no comieron en el local.

Cuando estuvieron en la habitación, comiendo en el suelo, ya que no había dónde más hacerlo, Charlotte alzó la cabeza y miró con atención a Matt.

—Gracias —pronunció con suavidad.

Se reacomodó un mechón de cabello rubio cuando él subió los ojos y se quedó prendado de los suyos.

Las mariposas revolotearon con más fuerza en su interior, haciendo que una sonrisa resplandeciente se instalara en su rostro, misma que disimuló bajando la cabeza y metiéndose un bocado a la boca.

Matthew parpadeó un tanto desconcertado. Quiso preguntar por qué le agradecía, pero se abstuvo, solo rio por lo bajo al saber lo tímida y sonrojada que se puso, y siguió con lo suyo, para luego iniciar una charla tan banal y sin importancia, que logró distraerlos de la conexión que inevitablemente percibieron cuando sus ojos se conectaron en esos segundos.

* * *

EL DÍA SIGUIENTE NO FUE MUY DIFERENTE. Por la mañana fueron a ver el progreso de Jacob, hablaron un poco con la enfermera y poco más.

Recorrieron los alrededores a pie, fueron a ver la playa, una playa a la que estaba prohibido entrar, puesto que las aguas no eran aptas, aunque no entendieron bien por qué.

Pasearon un poco y hablaron de temas que no fueran delicados. Entre ellos se creó un ambiente amigable, diferente al que vivieron antes, diferente al que vivieron cuando eran una pareja. Podían hablar casi de cualquier cosa, mientras no fuese algo muy íntimo.

Charlotte le contó de su trabajo, de los amigos que tenían en común, de cosas sin relevancia. Matt la imitó. No quiso hablar del tiempo en el que estuvieron separados, ni mucho menos quiso decirle que todavía seguía amándola, no solo porque no quería oscurecer el aura que los envolvía, sino porque no quería apresurarse. En ese momento la prioridad era otra.

Caminaron por la playa, guardando la distancia con el océano, sintieron la arena meterse entre sus dedos mientras una conversación distendida y divertida les hacía sonreír.

Observaron el precioso atardecer que modificaba los colores del cielo, camuflando el celeste con el anaranjado, el rosado y el rojo. Se quedaron viendo el sol ocultarse, para luego presenciar la luna subir y brillar con ese bucólico tono plateado, junto con las pequeñas estrellas que cambiaban de colores. Al estar lejos de la ciudad, el cielo tenía cierto toque romántico e irreal, casi mágico.

Recorrieron muchos ocasos recreándose con el cielo, con su sortilegio.

Mientras, las tardes y las mañanas las ocupaban para ir al hospital, a verlo a través de la cristalera, a preguntarle a la enfermera sobre su progreso, e incluso hablar con otras personas que estaban en el hospital, familiares y pacientes.

Después de unos días, se hicieron amigos de un hombre cuya esposa llevaba meses en el hospital y quien les indicó cómo ir al pueblo. Necesitaban llegar, no porque quisieran hacer turismo, aunque en parte también sintieron que era bueno distraerse.

Faltaban algunos días para que pudieran cerrar a Jacob, necesitaban monitorear su avance antes de cerrar su pecho y esperaban que cuando lo hicieran, al fin pudieran verlo, lo que significaba que ya no tendrían tanto tiempo para conseguir víveres y otros enseres de primera necesidad.

Al día siguiente, se levantaron temprano, se arreglaron con prontitud y tomaron el único trasporte que los llevaba al pueblo, un vehículo pequeño para la cantidad de pasajeros que trasladaban.

Charly le sonrió a Matt cuando una señora se subió y tuvieron que pegarse para que ella se sentase a su lado.

Sus sonrisas eran juveniles, sus ojos brillaban, como si una brecha de entendimiento romántico se estuviese abriendo entre ellos.

Matt apenas podía estirar el cuello en el pequeño vehículo y Charlotte no dudó en burlarse de él cuando se bajaron en el pueblo y el desarticuló su nuca, para después estirarse cual gato viejo.

Ambos estaban a gusto.

Fueron a comer a una pequeña cafetería y luego hicieron algunas compras.

Pasearon por algunas tiendas. La ciudad no era lo que estaban acostumbrados a ver, era más como una especie de pueblo pintoresco, no turístico, al menos ese lado de isla no era lujoso, era más bien un lugar más relajado.

Caminaron en el pueblo con tranquilidad, al final, faltaba algún tiempo para que pudieran regresar al hotel ya que el trasporte no salía hasta dentro de unas horas.

Hablaron mucho, se rieron, se hicieron pequeñas bromas. Charlotte aprovechó para burlarse de Matthew poniéndole un sombrero de paja, de ala ancha, que le compró a una mujer que vendía artesanías.

Brincó para ponerle el sobrero a Matt, quien le sacaba más de veinte centímetros de alto, al final, él se dejó hacer cuando vio la sonrisa grande en los labios de Charly, misma que no dejó incluso cuando volvieron al vehículo y, de nuevo, les tocó sentarse muy juntos para darle espacio a otro pasajero.

Poco a poco, establecieron una grata rutina. Una rutina que les hizo sentir como si el tiempo fuera diferente, solo les faltaba su pequeño angelito, aunque parecía que se iba recuperando de la cirugía, hasta que algo pasó y… la alegría se les resbaló de las manos.

37

Charlotte se sentó en la cama, mirando a la nada, sin poder enfocar la vista, sintiendo un hoyo profundo y oscuro en donde se suponía que debía estar su corazón, un agujero que comenzaba a consumir todo dentro de ella, incluyendo sus fuerzas.

Inspiró hondo, como si hubiera olvidado que tenía que respirar, y sin que pudiera evitarlo, sollozó…

Percibió sus ojos calentarse, su vista enturbiarse y las lágrimas calientes y pesadas agolparse en la cuenca, queriendo salir.

Sacó de dentro de su camisa el relicario que le regaló Matt, el cual no se quitó desde que se lo dio, lo abrió y miró la imagen de su pequeño. El collar le colgaba del cuello y se quedó perdida en la imagen de su bebé, ni siquiera pudo contemplar a Matthew en la fotografía.

Un quejido lastimero brotó de su boca y, soltando el relicario, se llevó las manos con prisa al rostro, llorando de manera desconsolada, como no se permitió hacerlo desde la primera vez en la que escuchó que su pequeño bebé recién nacido tenía un problema cardiaco grave, ni siquiera se comparaba con la vez que escuchó a Max hablar sobre las pocas posibilidades que tenía la operación de salir exitosa.

Lloró sin reprimirse, sin poder contener los alaridos que le constreñían el pecho, que le impedían aspirar el aire que necesitaba.

Con los ojos cerrados, agachó el rostro y berreó sobre sus manos, exasperada.

Estaba cansada emocionalmente, primero el embarazo de riesgo, el parto complicado, la afección cardiaca del pobre Jacob, y ahora, cuando creían que todo estaba por mejorar, que el pequeño estaba saliendo adelante, que pronto lo tendría en sus brazos, que lo escucharía llorar a todo pulmón, que lo vería crecer…

Su mundo se derrumbó cuando llegaron al hospital y les retuvieron para que pudieran hablar con el doctor. Esperaron unos largos y eternos minutos en los que el corazón se les agitó. Los nervios y la angustia les hizo esperar desesperados.

Cuando el doctor salió en su encuentro, trató de suavizar la noticia advirtiéndoles que, el cuadro de Jacob era algo que sucedía a veces, una consecuencia casi natural de la operación…

Cuando se despertaron y llegaron al hospital, creyeron que sería el día en el que al fin les anunciaría que lo cerrarían y dentro de nada lo pasarían a un cuarto en el que pudieran verlo, tocarlo, olerlo… En cambio, les recibió una noticia devastadora.

El pequeño tenía una infección en los pulmones, los cuales se llenaron de agua. Fue necesaria realizarle una traqueotomía y algunas cosas más que no lograron entender, aunque prestaron mucha atención. Sus aturdidos cerebros no captaron la información médica que el doctor Roberts les hizo saber.

Cuando el médico se fue, sintió que su alma se volvía a partir, que las nubes plomizas se adueñaban de su cielo. Imaginar la situación que pasaba su bebé… Ni siquiera tenía un mes de haber nacido y ya había tenido que superar tanto… Se sintió pequeña, desesperada, y un sinfín de cosas más que trató de contener, pese a que su semblante denotó cómo estaba.

Miles de agujas le aguijonaron el alma.

—Vamos a sentarnos para que te tranquilices —le dijo Matt con cariño, a media voz. Pese a estar tan angustiado como ella, sabía que no podía hacer nada, que los doctores se encargarían del pequeño. Sus esperanzas flaquearon, pero no con la misma intensidad que las de Charly.

Negó con la cabeza.

—Necesito estar sola —indicó con tosquedad y luego se dio media vuelta, casi corriendo a la salida del hospital, necesitando respirar aire limpio, y no el viciado y antiséptico del lugar.

El estómago se le revolvió y logró contenerse para no llorar.

Matthew salió tras de ella sabiendo que lo necesitaba. Le dolió verla de aquella manera, quería decirle que los doctores lo tratarían, que estaba en el lugar correcto para poder salir de la infección y... Él también se estaba quedando sin palabras de aliento, se estaba quedando sin recursos para animarla.

Sintió que, si decía algo, sería como escuchar a una grabadora, una grabadora carente de realidad, carente de sentimientos, cuando no era así, solo... ya no hallaba las palabras correctas.

Al salir, vio cuando Charlotte se agachaba, poniendo las manos sobre sus rodillas y respirando con fuerza.

Puso una mano sobre su espalda para hacerle saber que estaba con ella. De un respingón, se irguió y giró para mirarlo. Tenía los ojos rojos y el labio inferior le temblaba.

—Necesitamos estar fuertes, ¿verdad? —preguntó con un deje demencial, que hizo ver sus ojos del color de la avellana con un aspecto extraño. Asintió ante esa pregunta que le resultó extraña y algo escalofriante, en especial por el aspecto de ella. Sonrió, una sonrisa fingida, una mueca que entrevió más su desesperación por querer aparentar que estaba bien, de querer alejarlo para poder explotar con tranquilidad—. Entonces, ve a traer comida, compra comida… —dijo antes de girarse y salir directo al hotel, a encerrarse a la habitación, donde la realidad la derrumbó y la hizo lloriquear como una niña pequeña que se ha perdido y no encuentra su camino.

Matthew se quedó pasmado, observó su espalda alejarse, sus pasos apresurados, la forma en la que casi corría al atravesar la carretera en la que costaba ver autos pasar.

Se quedó quieto, rígido, sin saber cómo actuar.

Después de un rato en el que se quedó plantado en su lugar, entendió que tenía que darle tiempo, tiempo para desahogarse. Le hubiese gustado poder ayudarla, pero estaba seguro de que con él se contendría.

Suspiró y caminó de vuelta al hospital, quería hablar con la enfermera para que esta lo mantuviera al tanto de Jacob, necesitaba saber si estaba bien, pese a que el doctor garantizó que lo habían estabilizado.

Habló con la enfermera, quien se dio el tiempo y la amabilidad de responder sus dudas, de hacerle saber que, pese a la infección, su angelito seguía firme y agarrado a la vida.

Más tranquilo, aunque con una sensación desoladora dentro de su pecho, en parte por Charlotte y sobre todo por Jacob, se fue a la cafetería a comprar algo de comer, no quería ir con las manos vacías, quería fingir que lo que ella hizo tenía sentido para él, fingir que no sabía lo mal que se encontraba, quería esperar a que se abriera y hablaran, así como hicieron todos esos días.

38

CHARLOTTE LLORÓ DERRAMANDO SU ALMA A TRAVÉS DE SUS OJOS, de sus gritos ahogados que le cerraban la garganta. Se sintió débil, no obstante, pasado un momento, el llanto cesó de a poco, hasta que pudo abrir los ojos y enfocar la vista.

Hipó y se quedó viendo la puerta, esperando que entrara Matthew, aunque no lo hizo. La soledad le heló el cuerpo y las lágrimas le mancharon el rostro.

Tenía la piel roja, en especial en la nariz y en los ojos, con las pestañas cargadas de humedad y los labios hinchados a causa de morderse para no gritar con más fuerza, una forma de contención que esa vez no fue tan efectiva como otras.

Aspiró profundo y llevó las manos a sus piernas enfundadas en un vaquero sencillo.

Al bajar la mirada al relicario, se dio cuenta que la leche brotó de sus senos. La respiración se le volvió más irregular que antes.

Con desesperación, agarró la camisa y se la sacó por sobre la cabeza, consternada con la visión de esos pequeños círculos que dejaban ver que su cuerpo estaba preparado para criar a un hijo.

Todo le dio vueltas, su cabeza se volvió un mar oscuro y borrascoso. Quería quitarse todo de su cuerpo.

Los días anteriores, a consejo de la enfermera, se estuvo sacando la leche para no dejar de producir, así cuando Jacob fuese capaz de comer, ella podría alimentarlo, darle todos los nutrientes necesarios para crecer sano y fuerte y...

Se pasó las manos por el cuello al ver que el sostén corrió con el mismo efecto. Se arañó la piel y en un momento de furia trató de quitarse la prenda sin éxito.

Matthew subió por el ascensor, sin saber que, en la habitación, Charly estaba por derrumbarse, por caer en un lugar muy oscuro.

Pasó la llave electrónica por la ranura y la puerta se abrió. Sus ojos se abrieron al captar la escena de Charlotte rasguñándose el cuerpo y tratándose de quitar el sostén.

Con los ojos bien abiertos y la cabeza funcionándole a su máxima velocidad, dejó la comida en donde pudo y caminó a pasos largos hacia ella, sin que lo intuyera, la abrazó con fuerza, impidiendo que sus manos, apresadas por su cuerpo, se movieran, que pudiera seguir haciéndose daño.

Se agitó al sentirlo, un suspiro rasgado salió de lo más profundo de su alma, y dejó de batallar, dejándose hacer por esas manos fuertes, por ese cuerpo que, en contacto con el suyo, la hizo sentir en casa... La hizo sentir segura, consolada... Ese presentimiento de encontrarse sola, a la deriva, se diluyó de a poco, envuelta en aquel cuerpo, en aquel olor masculino que la reconfortó de una forma inimaginable.

Lloró con suavidad, porque su llanto no salía a borbotones, ya no...

Él la soltó un poco, dejó de apretar con tanta fuerza el delicado cuerpo de Charlotte, aunque no la dejó ir, no solo por ella, sino por él.

Matt también la necesitaba, necesitaba su aroma único y femenino, su cuerpo delgado y curvilíneo, necesitaba su calor, su ser...

Charlotte permitió que esa sensación cálida y conocida la embargara. Llevó sus manos a los pectorales de Matt, agarrándose a su camisa con necesidad, pero una necesidad diferente.

El calor se le subió al rostro, notó su cuerpo cambiar, encenderse de a poco. Percibirlo tan fuerte y protector, hizo que su cabeza recordara todo lo vivido, esas largas noches en donde sus cuerpos se fundieron, donde sus almas jugaron una danza candente y provocadora que tenía grabada a fuego dentro de su memoria, que le hizo removerse, buscar su dureza, su energía.

Deseaba dejar de sentirse como una mujer rota, como una mujer vacía, cuyo cuerpo reclamaba algo más, algo más que llanto, algo diferente a esa tormenta que se formó en su interior. Quería algo distinto, quería sentir el mismo calor de sus recuerdos, el mismo fuego consumiendo su cuerpo, hasta que los gemidos dejasen de ser lamentos y se convirtieran en algo más.

Sin pensarlo, se irguió y empinó sobre la punta de sus pies, y llevó sus labios a los de Matt, en un movimiento rápido que él no pudo prever.

Los labios mullidos e hinchados de Charly dominaron los masculinos, besándolo con deseo, con ansias, como si la vida manara de ellos. Encajó su labio inferior entre los de Matthew y los movió, creando una deliciosa sensación entre sus bocas. El calor y las cosquillas se hicieron de sus seres, que se conectaron como hace mucho no lo hacían.

El deseo les obnubiló la mente, sus manos se fueron al cuerpo del otro. Matt la tomó con posesión de la cintura, juntando sus cuerpos, sintiendo sus pechos contra su torso, experimentando esa hilarante necesidad de ser uno mismo.

Charlotte se dejó llevar, comenzó dominando la situación, para terminar entregándose a esas manos que tan bien conocían sus lugares sensibles. Concedió que su cuerpo la avasallara, que el calor la recorriera, que el llanto se viera eclipsado por esa energía candente que la estaba manejando como a una muñeca sin pensamiento.

Puso sus manos sobre el cuerpo de Matt, recorriendo los músculos trabajados que se escondían detrás de esa camisa de algodón, blanca. Restregó su cuerpo contra el suyo.

Sentirla tan entregada, creó una disyuntiva en la mente embrujada de Matthew. Un rayo de lucidez le hizo entender qué es lo que estaba sucediendo.

Sabiendo qué era lo correcto, se separó con delicadeza, sin apartar las manos de su cintura.

La miró con anhelo, con el fuego guardado en sus pupilas, con el corazón que le martilleaba en el pecho y en la garganta, con la sangre caliente y su cuerpo preparado para tomar el de esa mujer que tantas noches soñó, que tantas veces adoró, la mujer que más deseó en su vida. Quería recrearse en sus curvas femeninas, en su tersa cavidad, pero no podía, no así…

Una punzada de dolor le atravesó el cuerpo a Charlotte al sentirse despreciada, aunque nada más lejos de la realidad.

Al abrir los ojos, notó los cerúleos de Matt sobre su rostro, claros, y… no pudo leer más allá de lo evidente.

La boca le tembló, no quería que se detuviera.

—No está bien, Charly. Quiero hacerlo, créeme, es así, lo he deseado desde siempre, pero no de esta manera. —Negó con vehemencia—. No quiero que sientas que es tu escape, no quiero que nos confundamos, no quiero tener la idea de que solo me estoy aprovechando de tu vulnerabilidad —reconoció con la voz suave y una mirada tierna, una ternura que solo ella lograba despertar.

Colocó una mano sobre su quijada y le alzó la cabeza para que sus ojos se estudiasen con detenimiento, para que notara que lo que le decía era la verdad.

Charlotte lo vio, vio a la persona que tenía enfrente, al hombre del que se enamoró meses atrás. Las mariposas revolotearon con fuerza, sus pulsaciones aumentaron y pudo sentir que ya no tenía que seguir guardando tanto rencor, no quería revivir una y otra vez lo que sucedió en aquella cafetería a la que nunca más volvió.

No, no quería vivir en el pasado.

Cerró los ojos por un instante y se autorizó para sentirlo de una forma diferente. Sus acciones hablaban por él, los días que pasaron juntos…

Estiró los dedos sobre sus pectorales y logró sentir sus fuertes latidos, esos latidos que muchas veces calmaron la tormenta en su cabeza y en su alma.

—Lo sé, Matt, lo sé, mi amor —habló olvidando, dejando ir esa conversación que jamás tuvo que ocurrir.

Él se quedó quieto al escuchar su tono de voz dulce, sus ojos abrirse y revelar una mirada diferente, como si todo dentro de ella volviese a su cauce, al mismo tiempo, entrevió algo más, algo que pensó perdido.

En silencio, la llevó a la cama y la acomodó en esta, para después tomar asiento a su vera y abrazarla en esa posición, llevando su cabeza a su pecho, mientras acariciaba sus cabellos.

—Necesito escucharlo, Matt, necesito saber por qué me dijiste eso ese día, necesito oírlo otra vez, necesito poder cerrar ese capítulo, porque ya no puedo… No, ya no quiero seguir de esta manera, ya no quiero seguir rehuyendo de lo que siento…

Matthew inspiró hondo y pensó en lo que pasó, rememoró todo aquello dicho y lo que le faltó por contar.

—La firma llevaba días en alerta, no te lo comenté en su momento, porque lo cierto es que pensé que se arreglaría rápido. Estaba tenso. Tenía la potestad y la responsabilidad de sacar todo adelante. Y…

Hizo una breve pausa en la que acarició su cabeza con la punta de los dedos, mientras Charlotte aprovechó para rodear su cintura con las manos, para recargarse en él.

—Fui egoísta… Creí que, si no te decía nada, podía mantener lo nuestro en una burbuja en donde el trabajo y el estrés no interviniera, no quería hablar de ello, no quería contártelo y que luego me preguntases por ello, preferí que nuestros encuentros siguieran como estaban, que tu piel caliente me acompañara por las noches sin tener que explicar nada.

Charlotte lo entendió, sabía de qué hablaba. Calló, se limitó a escuchar su corazón, a relajarse después de haber pasado por tanta congoja y presión.

—Lo siento, créeme, es lo peor que he hecho en toda mi vida, lo peor que me pude hacer también —tragó saliva con dificultad y prosiguió—. Sabes, tener un puesto más importante te hace responsable de aquellos que tienes a tu cargo… Eso fue lo que más me estresó. —Sus ojos azules miraron hacia la puerta, sin enfocar—. Uno de los mayores clientes que teníamos se quería cambiar de firma, llevar su capital a otro lado. No podíamos permitir aquello, no podíamos dejar que se fuera porque eso implicaría perder el mayor ingreso de la empresa, lo que significaría tener que realizar despidos para que no nos fuéramos a quiebra, para poder sostener a la empresa, pero aquello era impensable para mí.

Negó al recordar esos días en donde sus músculos se tensaron y ni el ejercicio logró sosegarlo, solo ver la sonrisa de Charlotte lo hacía sentir bien, tranquilo.

—Ese día, en el que llamaste, escuché a algunos compañeros tener una charla. Al principio, parecía una conversación inofensiva, sin embargo, algunos de ellos estaban muy preocupados, temían que los despidieran; tenían familias que sostener. Laura, la que en un tiempo fue mi compañera más cercana, aquella a la que le preguntaba cuando tenía dudas, habló sobre lo difícil que le resultaría conseguir trabajo. A su edad… —Cerró los ojos al recrear la escena en su cabeza—. No podía permitir que nadie se fuera. Te juro que se me abrió un hoyo negro en el pecho y sentí que mil toneladas de cemento me compactaban el cuerpo impidiendo moverme.

Silencio…

Charlotte lo acarició. Ella no tenía nadie a su cargo, era una empleada más, nunca experimentó lo que estaba contándole, pero si sabía de ese hoyo, era el mismo que se le abrió minutos atrás. Comprendió así, que la desesperación se adueñó de Matt.

—Cuando hablaste, estaba feliz, deseoso de ver a alguien que estaba para mí, alguien que me sonreiría, que no sería otro ser oscuro que arrastraba los pies a lo largo de los pasillos de la empresa. Quería ver tus ojos brillantes del color de la miel, quería oler tu piel, quería sentirte. En cambio, te escuché decirme que estabas embarazada… —Se relamió los resecos labios—. No, no estoy diciendo que me pesara saber que tenía una responsabilidad más… No fue exactamente así —se apresuró a aclarar cuando sintió la rigidez en Charlotte.

»Lo que sucedió fue completamente diferente, al menos eso creo. No puedo negar que al principio me sentí feliz, me vi, me vi junto a ti, te vi con el vientre prominente, te vi rozagante, llena de vida… No lo sé, tenía en mente una imagen muy idílica de la maternidad y demás…

Las manos de Charlotte lo acariciaron de nuevo y dejó de pensar en todo lo que ella sintió en ese momento, en los nervios y las ansias de ser querida. Dejó de pensar en ella y se puso en sus zapatos, como antes no lo logró, jamás logró entenderlo, y mucho más que entenderlo, no experimentó lo que en eso instante pudo sentir. Logró percibir que esa vieja herida se difuminaba de su corazón.

—Lo que te dije… —siguió Matt sin notar sus caricias, estaba reviviendo ese instante—. Ni siquiera preví decirlo, salió de mi boca antes de que lo pudiera procesar. A mi mente acudió la conversación que tuvieron los demás empleados, la zozobra de sus voces. Mi cerebro distorsionó la imagen anterior y no pude verte feliz al lado de un desempleado. Fatalicé todo. Vi el peor escenario. Dije estupidez tras estupidez, todo a fin de convencerte de que no quería al bebé, de que no quería estar a tu lado, cuando lo cierto es que me moría de ganas de quedarme, de ver esa estampa bonita que divisé por unos segundos antes que un torbellino me hiciera sentir afligido.

Apretó a Charlotte contra su cuerpo, necesitando sentirla, saber que estaba ahí, que no era un sueño creado por su mente.

Su voz, pese a no ser mecánica, se sostenía a un mismo decibel, no quería parecer frío, pero trató de alejar todas las emociones que le atribularon.

—Cuando vi en tus ojos la tristeza, quise darme un puntapié, pero te dije que te fui infiel, no podía dejar un resquicio de esperanza, porque intuí que serías infeliz al lado de alguien… ¡Ni siquiera sé del todo por qué lo hice! —exclamó desesperado.

Apretó la mandíbula y compungió el gesto.

Estaba molesto consigo mismo, enojado por haber sido un estúpido que no pensó y se dejó llevar por el miedo, por las ansias de no poner más peso sobre sus hombros, por su cobardía.

Pese a haberlo escuchado antes, Charly sintió que lo estaba haciendo por primera vez. No, nada era igual que la primera vez, quizá porque había acciones que respaldaran su arrepentimiento, quizá porque ella quería que así fuera, no estaba segura.

—No, Charlotte, no hay justificación para lo que hice. Lo arruiné, lo arruiné todo, contigo y con Jacob. Y… Lo siento, lo siento tanto. Lo sentí desde que lo dije, pero no pude callarme, no pude pensar más que en lo peor, no pude detener mi boca que se dejó llevar por el pavor. No quiero justificarme porque no es posible, pero esa es la explicación del porqué actué como un imbécil, del porqué te herí profundamente, del porqué me perdí de tu embarazo, del nacimiento de Jacob, y no estuve contigo cuando te dijeron lo que tenía. Ojalá pudiera retroceder el tiempo, pero no es así —su voz perdió fuerza a medida que hablaba, a medida que dejaba salir sus pensamientos más profundos.

Se quedaron quietos y callados.

—Sabes, estaba tan avergonzado de lo que te hice, que ni siquiera pude decirles a mis padres, no quería decepcionarlos, no quería que me mirasen como lo hiciste ese día…

Escuchar toda la historia, hizo que Charlotte se diera cuenta de quién era Matt, de lo mucho que salió lastimado con sus propias acciones, con sus palabras. Quizá no lo sufrió con la misma intensidad que ella, o quizá sí, pero ya no dolía, no le escoció recordar ese día en la cafetería, no se sintió atribulada al entender su lado de la historia.

No, no quitaba el hecho de que su actuar fuese erróneo.

Se alejó, deslizando sus brazos por su torso. Matt dejó que su cabeza se quitara de su pecho, que su piel lo abandonase.

Los ojos avellana se enfocaron en el rostro masculino, en ese gesto decaído, en esos ojos apesadumbrados que no le devolvieron la mirada.

Lo vio inhalar y quedarse quieto.

Sonrió al darse cuenta de que le molestaba observarlo así, que lo quería como estaba antes, que lo quería ver sonreír, así como lo vio el día anterior, mientras paseaban por la playa, mientras dejaban que sus pies descalzos se enterrasen en la arena. Recordó su risa grave cuando le puso el sombrero de paja. Su cabeza se llenó de imágenes, imágenes de su pasado, de cuando eran una pareja, rememoró lo bien que se sentía a su lado, y lo mal que lo pasó lejos de él.

«¿De verdad dejaría que su relación se enfriase, que lo vivido en esas semanas concluyese?» —se preguntó decidida, sin apartar la mirada de ese rostro varonil, de esa barba bien cuidada que llevaba días sin ser afinada, aunque todavía tenía ese toque sofisticado.

Lo observó.

Y sonrió con más fuerza…

—¿Quieres saber cómo fue el embarazo? —preguntó enterrando, por un segundo, que ese día, el clima no estaba a su favor, que la tormenta seguía ahí fuera, sin embargo, entendió que ya no quería navegar sola, nunca más.

Matt alzó la cabeza y la miró sin comprender sus palabras, sin entender su sonrisa tierna que poco a poco fue relajándolo.

—Por favor —aceptó y su rostro cambió, resplandeciendo de nuevo, siendo tan hermoso como siempre lo vio Charlotte.

Ella inspiró y se relamió los labios, con cierta emoción que irradió desde su interior, cambiando su aspecto de frágil a tierno, a más fuerte.

Sin esperar más, comenzó por el principio, por lo confundida que se sintió cuando recibió la noticia, por esas partes graciosas, por esas escenas cómicas donde el embarazo le jugó en contra, como aquella vez que tuvo que vomitar en una planta porque no pudo contenerse.

Matt la escuchó interesado.

Ambos se pusieron cómodos en la cama, ambos se compaginaron y se compenetraron, engulléndose en la conversación; la charla que se debían desde tiempo atrás, esa en la que no les ganó la tristeza, pese a que Charlotte habló de esos momentos en los que la pasó mal, en los que el embarazo fue difícil con los dolores de cabeza, con los malestares que la llevaron al hospital, las náuseas que no se limitaban a la mañana y que cada vez la hicieron comer menos. Hablaron de todo…

—¿Estará bien? —preguntó Charly, luego de una pausa en la que a su mente vino todo lo que su pequeño pasó, incluso dentro de su cuerpo.

—Sí —respondió con una rotunda afirmación y le comentó lo que dijo la enfermera—. Estará bien dentro de poco, y cuando menos pensemos, estará con nosotros. —La miró con intensidad, directo a sus ojos, enseñándole su alma.

Charlotte le devolvió la mirada con el mismo ímpetu, sin esconderse, dejando que captara lo que la hacía sentir.

39

ESE DÍA, se volvieron a sentir como una pareja. No, no tuvieron mayor intimidad. Matt quería ir despacio, se sentía con la responsabilidad de proteger los sentimientos de Charlotte, de asegurarse de que su sentir se debía exclusivamente a lo que él despertaba en su interior, y no a la susceptibilidad que le producía el estado de su hijo. No quería aprovecharse de la situación.

Pese a ello, durmieron juntos, no como los días anteriores en donde la cama era el escenario de su consciente lejanía, donde se dormían separados, cada uno en su esquina, para luego, sin pensarlo, poco a poco volver uno al lado del otro y abrazarse, con la necesidad instintiva de sentirse, de palparse, de envolverse en la temperatura del otro, en el aroma que emanaba de sus pieles.

Charlotte ocupó de almohada su pecho, y Matthew la abrazó, embriagándose con el perfume de su cabello, con la esencia de su ser. Juntos, dejaron que sus pulsaciones se acompasaran y que todo lo demás fuera estabilizándose.

Sabían que Jacob estaba siendo atendido. La esperanza regresó a sus almas.

Y así como ese día, siguieron los demás, días en los que reafirmaron la entereza de su angelito, quien afrontó la infección con estoicismo, con fortaleza. No tuvieron que esperar tantos días para cerrar su pecho, como se creyó después de que se llenaran sus pulmones con agua. Al día siguiente, estaba en otra habitación, una habitación en la que se les permitió estar, una en donde Charlotte pudo acunar a su bebé y observar sus ojos abiertos, unos ojos que la miraron con curiosidad. Su cuerpo ya no denotaba el cansancio de antes, tampoco parecía estar mareado, estaba… Bien…

Claro, tenía cubierto su pecho, y las heridas de su cuello eran evidentes, no obstante, Jacob estaba bien, y según el doctor Roberts, pronto estaría perfecto. La operación fue tal éxito, que incluso después de la infección, todo parecía indicar que Jacob no crecería diferente a cualquier otro infante.

Sin poder retenerlo, la emoción le ganó a Charlotte y sus ojos brillaron a causa de las lágrimas que se retuvieron, no, no lloró, estaba feliz de sostenerlo, de poder verlo, pero no quería llorar, ya no más.

Matthew aprovechó a tomar algunas fotos, mismas que mandó a ambas familias, quienes estuvieron pendientes desde el primer momento, haciéndoles saber que estaban para lo que necesitaran.

Después de un rato, fue el turno del feliz padre de sostener a su hijo, de acariciar sus mejillas un tanto sonrojadas, pese a que todavía su cuerpo resentía su anterior condición y la cirugía.

—Eres especial —le susurró y luego sonrió al verlo bostezar, cerrando esos ojos que tenían el mismo color que los suyos.

—Y hermoso —aseguró Charlotte.

Se mordió el labio inferior y pudo ver esa imagen de la familia que siempre deseó, esa que creyó que no podía siquiera soñar. Se vio siendo feliz.

Y sí, quizá faltaba tiempo para que su relación con Matt se reestableciera y se consolidara, no obstante, supo en ese momento que debían estar juntos, que el pasado quedó atrás y lo único que quería ver era más momentos como esos…

* * *

LOS DÍAS SIGUIENTES FUERON MEJORES. Cada día el sol salía con más fuerza, calentando sus almas y vigorizando su relación.

Jacob mejoró, pronto su estado fue más estable. A cada día su salud fue mejorando, al grado de que los dejaron cuidarlo, estar más tiempo en la habitación.

Las semanas pasaron entre el hospital, entre las caminatas en la arena y las idas al pueblo para comprar comida, u otras cosas.

Así también, los besos entre ellos comenzaron a ser más pasionales, a cobrar intensidad, a subirles la temperatura. Sus manos se buscaban, aunque no pasaron de simples roces, de simples caricias ardientes que los dejaron deseando más. Se contuvieron, al menos se prometieron, en silencio, hacerlo así hasta que Jacob estuviera completamente fuera de peligro, hasta que sus sentimientos no se viesen confundidos por la emoción del momento, por esa isla paradisiaca cuya tranquilidad los envolvió en los días siguientes.

Luego de semanas de haber llegado a la isla, Matt tuvo que trabajar, cosa que hizo llevándose su portátil al hospital para ver a Jacob y a Charlotte juntos, para poder seguir cuidando de ambos, no quería despegarse de ellos por nada. Al principio fue difícil, pero poco a poco la situación mejoró.

La enfermera que se encargaba de Jacob les enseñó todo lo que tenían que saber para consentir al pequeño, para cuidarlo.

Con el tiempo, Jacob estaba tan saludable que Charlotte pudo amamantarlo, algo que la alegró hasta lo más profundo de su ser. Felicidad que le contagió a Matt, quien miró embelesado la forma en la que Charlotte observaba y consentía a su bebé, al mismo tiempo, su pecho se hinchó de amor por el pequeño, quien comía despacio pero con hambre, de esa forma en la que se supone que los bebés deben hacerlo.

Disfrutaban de su tiempo en el hospital, disfrutaron del tiempo a solas, de esos momentos donde, hasta estar en silencio fue placentero.

Los días pasaron y su tiempo en el país insular terminó. Un mes y una semana después de haber sido conducidos al hospital en una ambulancia, Jacob fue dado de alta. Sí, le dieron el medicamento necesario para seguir adelante con su tratamiento, aunque este solo era por un tiempo corto, y después, él sería como cualquier otro bebé, solo con una cicatriz en su pecho que le recordaría toda su vida que él era mucho más fuerte de lo que se podía imaginar, que su existencia en la tierra significaba mucho, que era un ser destinado a ser feliz y a contagiar a los demás con sus sonrisas hermosas.

* * *

ESTABAN SENTADOS EN LA CAMA, abrazados, con las espaldas descansando contra el respaldo.

Al fin tenían a Jacob con ellos, quien dormía plácidamente entre sus piernas, con un pijama celeste con pequeños dibujos de animalitos caricaturizados. No se movía, pero respiraba con tal tranquilidad, que no podían despegar sus ojos de él. Era magnético, hipnótico…

—¿Y ahora qué pasará entre nosotros? —preguntó Matt, acariciando su brazo con la punta de los dedos.

Charlotte se reacomodó sobre su hombro y lo abrazó por la cintura.

—No sé, dímelo tú… —expresó con cierta picardía. Su sonrisa se ensanchó.

—No sé si me preguntas mi opinión, o si quieres algo más, pero te diré lo que quiero. Quiero seguir con lo nuestro, quiero volver a lo que teníamos… —Negó con la cabeza—. No, quiero algo diferente a lo que teníamos, algo mejor, una relación contigo, y no solo eso, te quiero a mi lado, durmiendo todos los días juntos, despertando con tu cabello dorado reflejando los rayos del sol, oliendo tu dulce piel que me enloquece. Tu aroma me pone tonto —reconoció riendo por lo bajo, casi en silencio, dándole una mirada rápida al canalillo de Charlotte, donde descansaba el relicario con el entramado en forma de copo de nieve, el mismo que dejó ver desde el momento en que se reconciliaron, pese a que, desde que se lo puso, nunca se lo quitó—. Quiero que vivas conmigo, dejar el departamento y hacernos de una casa donde Jacob tenga un cuarto, donde pueda crecer y ser el hombre que sé que será. Quiero que lo cuidemos juntos, que todo lo hagamos juntos, que tengamos una eternidad por delante. Quiero ver tus pucheros cada vez que te enojas o cuando no te gusta la comida porque eres quisquillosa, abrazarte cada que estés triste o simplemente porque sí. Lo quiero todo, Charly, lo quiero tanto, que no sabría qué hacer si me dices que tú no lo deseas… —expresó con la voz ronca y sensual, haciendo que la propuesta fuese más llamativa y sugerente.

Ella levantó la cabeza y lo miró, al mismo tiempo que él bajó la suya.

Se miraron sin inhibiciones, sin máscaras, sin rencores, sin nada que cubriera sus sentimientos.

Charlotte se mordió el labio y, en un movimiento casi imperceptible, asintió.

Matt ladeó la cabeza y entrecerró los ojos, casi sin entender, a lo que ella tuvo que estirarse, tomar su mejilla y besarlo despacio, un beso suave, casi delicado, donde sus labios crearon fuego y cosquillas que recorrieron sus cuerpos, acoplándose a la boca del otro, dejando que la exploración fuese mutua, que las sensaciones los embriagaran, despacio, a fuego lento.

Se detuvieron cuando Jacob se giró y se abrazó a la pierna de Matthew, poniendo una de sus manos en este.

Se separaron y bajaron los ojos al pequeño, que siguió durmiendo como si nada pasase.

Cuando se volvieron a mirar, se rieron con suavidad para no despertarlo, y con los ojos, se dijeron todo lo que no quisieron exteriorizar con sus voces.

EPÍLOGO

—JACOB, cariño, quédate quieto, necesitamos que el doctor te revise —le dijo Charlotte al pequeño que ya tenía más de tres años, quien no dejaba de moverse y patalear para soltarse de las manos de su madre y padre, quienes lo retenían para que el doctor lo pudiese auscultar.

—¡No! —exclamó el angelito removiéndose con una fuerza inusitada para el cuerpecito de un infante de su edad, sin permitir que el doctor, el mismo que lo revisó por primera vez en el hospital y detectó su afección cardiaca, le pudiera oír el corazón, aunque este solo sonrió al ver el cambio del bebé que fue, al niño que era.

Ya en nada tenía que ver el pequeño con la piel rosada y lozana, de cabello rubio y ojos azules, con el bebé pálido con las venas resaltadas y los huesos entreviéndose en su piel.

—Jacob, si permites que el doctor te revise, te compraré un helado, el que quieras —trató de chantajearlo Matthew, mirándolo con una advertencia sosegada, a la vez que anheló que se dejase de mover.

El pequeño parpadeó, haciendo un puchero, y la idea se hizo presente en su cerebro. Le encantaba el helado, algo que sabían a la perfección.

De a poco, se detuvo y, aunque se quedó rígido, permitió que el doctor hiciese su trabajo y lo revisara.

* * *

AL TERMINAR LA CONSULTA, los tres salieron directo a la heladería, donde le compraron un delicioso helado de chocolate, como tanto le gustaba a su angelito, el mismo que no tardó en comer y con el que se embarró la cara.

Matthew lo cargó mientras caminaban por la acera, al mismo tiempo que Charlotte logró limpiarle las mejillas y la boca, solo para que, segundos después, se embadurnara más, hasta la punta de la nariz.

Matt rio al verlo con tal estampa, y Charlotte resopló.

—¡Ay, no!, luego te limpio —señaló a Jacob, quien no le puso atención y simplemente siguió comiendo como si nada ocurriese.

Su padre negó con la cabeza, y con la mano libre, agarró la de Charlotte, quien se acercó a él, relajada, más luego de saber que Jacob estaba tan sano que, incluso con todo lo que pasó, y el supuesto retraso que tuvo en su crecimiento, sus medidas y su peso eran las de un niño promedio, las de un niño de su edad.

Enrolló el brazo al de Matt y caminaron como la feliz familia que eran.

Meses después de la cirugía, vieron a Max, quien, después de ver al bebé y sostenerlo, les comentó algo que les llevó tiempo descubrir a su amiga quien era cardióloga pediatra y a él… Jacob no tenía solo una malformación, sino dos, y gracias a la segunda, la tensión de la operación no fue la misma, gracias a esa segunda «imperfección» su cuerpo aceptó la reconexión. Jacob nació perfectamente imperfecto, lo que no solo hizo que pudiera sobrevivir, sino que pudiera llevar una vida libre, una vida normal, una vida lejos de la hipertensión que se creyó que podía llegar a tener. Y así, ser ese niño perfecto del que ambos padres estaban orgullosos.

Era un niño feliz, un niño activo que le gustaba jugar y divertirse como a cualquiera, un niño inteligente que captaba las cosas con claridad, que sabía que con una sonrisa y un «polfavol» solucionaba mucho. Era un niño que vivía pleno al lado de sus padres, mismos que se casaron un año después de la cirugía, pese a que llevaban meses viviendo juntos en una casa pequeña pero cómoda, con un gran jardín en el que el pequeño jugaba con su tortuga, Franklin.

Eran felices y tenían el apoyo de sus familias, aunque por unos instantes, cuando Charlotte se mudó con él, pensaron que Héctor se enojaría y negaría su apoyo, puesto que, el día de la mudanza, agarró a Matt de los hombros y lo llevó a su habitación, donde se encerraron, sin que la hija y la esposa pudiesen hacer nada. Tuvieron una charla de hombre a hombre, larga, donde le hizo ver a Matthew que no tenía otra oportunidad más, y que, sin importar qué hubiese sucedido antes, no podía cometer un error así de grande. Lo regañó y aconsejó largo y tendido. Sin embargo, después de ese día la unión entre suegro y yerno fue a mejor…

Charlotte y Matthew se miraron con amor cuando el semáforo los hizo detenerse, antes de cruzar la calle e ir al estacionamiento, donde dejaron la camioneta. Con esa simple mirada, se dijeron todo cuanto se querían, se dijeron todo lo que significaban para el otro.

F I N .

AGRADECIMIENTOS

Sin duda alguna, si me preguntaran cuál ha sido la novela que más me ha costado escribir, elegiría esta historia. Es una historia que llevó bien grabada en la cabeza, una historia que viví, que observé, una historia que está inspirada en hechos reales.

Es la primera vez en la que mis sentimientos y los de los personajes se confundieron. Muchas veces me vi en una tesitura complicada y tuve que detenerme y tomar aire.

Lo que nació siendo un relato corto que esperaba sacar para las fiestas del año 2021, terminó por convertirse en una novela corta en la que traté de poner todo mi corazón.

Sí, es una historia inspirada en hechos reales… Hace casi cuatro años, un 31 de agosto nació uno de mis sobrinos, un bebé que desde el embarazo tuvo dificultades, y que su nacimiento, pese a la alegría, fue cubierto con la incertidumbre de no saber si podría sobrevivir. Recuerdo perfectamente el tiempo en el que pasó en el hospital, las fotos en las que mi hermano nos lo mostró, con su cuerpo conectado a diferentes aparatos para poder oxigenar por encima del 90 %. Ahora ya es un niño saludable, feliz, e inteligente, como Jacob, de quien se inspiró el personaje.

En cuanto a la demás historia… es ficticia, completamente, no existe ni una Charlotte, ni un Matthew, la historia de mi hermano y mi cuñada no me pareció tan interesante para plasmarla en un libro… Y estoy segura de que ellos lo agradecen…

Pese a que sufrí escribiendo esta novela, reviviendo esos momentos de tensión, esas horas en las que, un 11 de septiembre pasé en vela durante toda la madrugada, esperando escuchar noticias de la operación, ahora puedo decir que es un recuerdo, no un recuerdo del todo malo, pues hubieron cosas que me hicieron creer en mucho más de lo que se pensaría, porque la verdad, es que hubo muchas personas involucradas en la operación de mi sobrino, personas que, desinteresadamente ayudaron a que todo saliera perfecto, almas bondadosas que en todo momento se mostraron interesados en la salud de mi sobrino, y a ellos, son los primeros que debo agradecer, al mismo tiempo y nivel que los doctores que en todo momento procuraron mantenerlo en las mejores condiciones, en especial a ese doctor que hizo el contacto con la fundación del hospital, del que no incluyo el nombre porque hay cosas que prefiero mantener en privado, pero que, si algún día llegan a saber de la existencia de este libro (cosa que dudo), sepan que estoy, así como mi familia, infinitamente agradecida.

Y para finalizar, quiero agradecerte a ti, querido lector, porque sin ti, esta historia no sería lo mismo, porque con cada letra que lees le das vida a la novela.

Muchas gracias.

Índice

Si te ha gustado la historia, no olvides dejar tu opinión en las distintas plataformas como Amazon, Goodreads o redes sociales.

SOBRE LA AUTORA

G. Elle Arce es un pseudónimo utilizado por la autora. Lectora desde pequeña, enamorada del romance y de la fantasía. Aficionada a la soledad y a divertirse leyendo o viendo cualquier programa televisivo.

Puedes contactarle y seguir a la autora a través de sus redes sociales:

En Facebook como Elle Arce,

En Instagram como @ellearce05,

O, a través de su correo electrónico: gellearce@gmail.com, elle_arce@outlook.com

Otras novelas de la autora:

*Adiós a mi Virginidad.

*Mírame, solo a mí.

*Darkness Prince (Desde el infierno).

*Princesa Dragón.

*Bilogía Vielman: (1) Secuestrando a Vielman, (2) Sacrificando a Vielman, y (3) Seduciendo a Vielman (capítulo extra).

*Pacún: la abuela cuenta cuentos (Bajo el pseudónimo de «Diana A. Lara»).

*Bilogía Sobre el Arcoíris: (1) Bajo la lluvia, (2) Expuesta ante ti (versión auto-conclusiva de «Bajo la lluvia»).

*Mamba Negra.

*Googbye my love.

*Rojo, el pecado de la lujuria.
*Rojo, la perversión de la lujuria.
*Proyecto V.
*Bilogía Perfecta: (1) La esposa perfecta, (2) La amante perfecta.
*La caricia de un demonio.
*El núcleo oscuro.
*Un latido en la tormenta.

www.ingramcontent.com/pod-product-compliance
Lightning Source LLC
Chambersburg PA
CBHW031300160726
47993CB00001B/237